颯の太刀

筑前助広

角川文庫
24041

目次

序章　負け犬

安永《あんえい》四年、七月三日。

元服をしたばかりの、十六歳だった俺は、我が身の無力さを突きつけられた。この日の出来事を、終生忘れることはないだろう。どれだけ出世しようと、どれだけ幸福に満たされようと、どれだけ老いて耄碌《もうろく》しようと、忘れられない、忘れてはいけないのだと心に誓った。

＊＊＊

「お武家さま、どうかお助けください」

そう言って、縋《すが》るように平伏されたのは、夏の日差しで乾いた喉《のど》を、冷えた麦湯で潤していた時のことだった。

突然のことに筧求馬《かけいもとめ》は驚き、湯吞《ゆの》みを危うく落としそうになってしまった。

平伏したのは、旅装の町人だった。恰好《かっこう》から察するに、主人に随伴した手代といったところだろう。歳は十六の自分に比べて、随分と上だった。

日光例幣使街道《にっこうれいへいしかいどう》の四番目の宿場、木崎宿《きざきしゅく》を目の前にした街道沿いの茶屋である。看板に墨書された〔麦湯、団子〕の誘惑に負けて、名物の二品を頼んだところだった。

「藪《やぶ》から棒に、どうしたんですか？」

「へっ、へぇ。この先で、わたくしの主人が浪人どもに絡まれてしまいまして、銭を奪われた上に、顔が気に喰《く》わないと殴る蹴《け》るの酷《ひど》いことに。ここは何卒《なにとぞ》、お武家さまにお力添えを」

手代の訴えには真《まこと》があり、嘘のようには思えない。そして、ここは上州新田郡《じょうしゅうにったぐん》。無宿人や浪人など胡乱《うろん》な輩《やから》が幅を利かす、破落戸《ごろつき》の巣窟《そうくつ》である。

（さて、どうするべきか……）

この旅は、求馬にとって重要なものであった。

五月に元服し前髪を落とした求馬は、養父・三蔵《さんぞう》に「大先生に、元服の挨拶《あいさつ》をして来い」と、上州新田郡太田宿《おおたしゅく》までの一人旅を命じられた。

大先生というのは、室田勘四郎《むろたかんしろう》という深妙流《しんみょうりゅう》の道統継承者のことであり、三蔵にとっては師匠に当たる。

今まで何度か旅をしたことはあるが、それは全て三蔵に付き従ってのこと。しかも、「この旅を無事に終えてこその元服だ」と言って送り出された手前、無事に挨拶を終え、江戸《えど》の麹町《こうじまち》にある道場へ戻らなくてはならない。

（しかし、難儀をしている者を見捨てるわけにはいかない）

武士の本分とは何か？　二刀を帯びる理由は何か？　それは、弱き者を守る為にある。そう何度も言い聞かせたのは、実祖父に当たる芳賀宮内《はがくない》だった。

求馬は、大身旗本である芳賀家の生まれであった。

ただ母が側室にもなれぬ低い身分であり、しかも元々が正室の下女だった。嫉妬《しっと》深い正室の悋気《りんき》を避けるように、懐妊した母は里に戻され、求馬を産んですぐに死んだ。そうして天涯孤独の身となった求馬を哀れみ、引き取って旧知の三蔵の養子としたのが、宮内だったのだ。

宮内はそれからも、頻繁に求馬を訪ね、色々と話を聞かせてくれた。その中の一つが、武士たる者の役目だった。

それは古今の説話と共に語られたが、つまるところはいつも同じ。

「腰の二刀は、弱き者を守る為にある。武士が米も作らずに偉そうにしているのは、いざという時に死ぬためだ」

泰平の世が続き、武士は威張るだけの木偶《でく》の坊となった。それだけならまだいいが、民百姓から養分を吸い上げる害虫となっている。そうなるぐらいなら、武士などいない方がましだ。

こうした宮内の訓話は、求馬が七つの時に亡くなるまで続き、そして遺言で大宰帥《だざいのそち》経平《つねひら》という業物と共に、その精神まで託された。

（ここで助けなければ、俺が俺でいる意味がない）

深妙流の道場に預けられ、刀を託された理由。それは弱き者を助けよ、という宮内の願いではないか。

しかも元服の儀を締めくくる、この旅で。これは、天が試しているのだ。

「わかりました。俺をそこに案内してください」

求馬は立ち上がると、手代の表情が明るくなった。だがそこに、老爺《ろうや》が団子を運んできた。

しまった、とは思ったが求馬は苦笑して、老爺に告げた。

「すぐに戻ります。それまで、その団子待ってもらえますか」

＊　＊　＊

手代が案内したのは、街道筋を不動尊の祠《ほこら》から脇道に逸《そ》れた先にある、古い社の傍だった。

鬱蒼《うっそう》とした林となっており、如何《いか》にも破落戸がいそうな、陰気な場所である。

そこで一人の男が、四人の浪人たちに殴る蹴るの暴行を受けていた。顔は真っ赤に染まり、手代の主人は身を丸くしてただ耐えている。

「よう、戻ったようだぜ」

浪人の一人が言って、仲間が頷《うなず》いた。「しかし、銭がありそうには見えんが」「まぁ、文無しよりもいいじゃねぇか」などと、口々に話している。

求馬は眉《まゆ》をひそめて手代を一瞥《いちべつ》すると、わなわなと首を振り、後ずさりをして再び平伏した。

「おい、若いの。意味がわからんだろう?」

「ええ、さっぱり見当もつきません」

「俺たちが、銭を持っていそうな奴を連れてこいと、そこの手代に言ったんだよ。

そうすりゃ、この男を助けてやるってな。つまり、お前さんは騙《だま》されたわけだ」

後方から、「ひぃ」という手代の悲鳴が聞こえた。微《かす》かな怒りがないわけではないが、それを非難するつもりはない。あの手代は、主人の命を盾にされた。従わざるを得ない状況だったのだ。

「どちらにせよ、あなたたちを見過ごすことは出来ない」

「へぇ、ならばどうするつもりだい？」

浪人の一人が前に出た。明らかに、こちらを侮っている様子が窺《うかが》える。

だが、それでいい。求馬は十六で元服は済ませたが、その年恰好は更に二歳ほど若く見える。色白で垂れ気味の眼を持つ顔は幼く見えるし、背恰好も小さい方なのだ。

しかしながら、剣の腕前には多少の自信はあった。幼い頃より三蔵の荒稽古《あらげいこ》を受け、非凡さゆえに深妙流の秘奥を、わずか十四で伝授されたほどだ。奢《おご》ってはいないが、自信はある。舐《な》めてかかられるほど、こちらが有利なのだ。

「止めるしかありませんね。銭を奪われるわけにはいけませんし、同じような目に遭う者を増やしてもいけない」

「いい度胸じゃねぇか」

浪人たち四人の空気が変わった。

来たか、と思った。冷たく、そして肌を刺す。これが、殺気というものか。

試合は何度もした。喧嘩《けんか》もした。しかし、真剣を実戦で使うのは、これが初めてだ。

求馬は大宰帥経平の重みを意識し、心気を整えた。どんな場面でも、心を乱した者が敗れる。心を乱された者が、勝った試しがないと、三蔵が語ってくれたことがあった。

（ならば、こちらから乱すまで）

求馬は、大きく踏み込んだ。刀を抜き払い刀背《みね》を返し、肩を打ち、刀の側面で顔面を平打ちにした。

「この野郎」

不意を突かれた三人が色をなし、襲いかかってくる。

抜き身の、禍々《まがまが》しい気。肌がひりついたが、怖さは不思議と感じなかった。それは相手の動きが、よく見えるからだろう。これならば、斬られることもないと思えた。

求馬は、向かってくる刃の光を余裕を持って躱《かわ》し、刀背で膝《ひざ》を打った。返す刀で二人目の背中。最後の一人は胴を打ち付けた。それで四人は、打たれた場所を押さえ、のたうち回っている。

(勝った……)

大きく息を吐くと同時に、汗が大量に噴き出した。初めて真剣での立ち合いだったが、何とか対処は出来た。

刀を納めようとした求馬の脇を、手代が駆け抜け主人に駆け寄る。主人は激しく打擲《ちょうちゃく》されているものの、命に別状はないようだ。

「まずは、この場を離れましょう」

と言った刹那《せつな》、やや後方から猛烈な殺気を覚えた。

視線を向けると、木立の中に浪人が一人立っていた。求馬は、慌てて後方に跳び退いた。

ただ現れただけで、肌に粟《あわ》が立っていた。

「見事なもんだな、若いの」

男は四十絡みの痩《や》せた浪人だった。顔は青白く、髪は後ろで纏《まと》めているだけ。その佇《たたず》まいは幽鬼を思わせるものがある。

「覇気があって、凜《りん》としている。一本気で迷いのない剣だ。まるで、若い頃のわしにそっくりだ」

男は軽く笑みを見せると、一歩また一歩と歩み寄ってきた。

殺気と呼ぶべきか、邪気と呼ぶべきか。何だか得体の知れないものが、全身に被《かぶ》さってきた。

手が震えていた。膝も。歯の根も合わない。まるで瘧《おこり》のように、全身の震えが止まらなかった。

求馬は刀を正眼に構え、気勢を上げた。絞り出したような声だった。しかし男の歩みは止まらず、気が付けば三歩ほどの距離に佇立《ちょりつ》していた。

「ふふ。怖いか。まぁ、そうだろうのう。わしもかつてはそうであった」

と、男は腰から一刀を抜き払った。そして、ゆっくりとその切っ先を向ける。

「あれは十八の頃かな。賊に襲われ、腰を抜かした。今のおぬしのようにな。だが、そこからわしは変わった。変わる為に、人を斬りに斬ったが、変わったと思えた時には、主家も家族も失っていたわ」

切っ先が、喉元《のどもと》にあった。汗が頬を伝う。動かなければと思っていても、何も出来ない。ただ、股間《こかん》が生温かくなるのをしたたかに感じた。

「わしは労咳《ろうがい》でなぁ。もうじき死ぬ。だからこそ、おぬしは斬らん。わしが最後に斬った男が、小便を漏らすような情けない奴というのは矜持《きょうじ》が許さんからな」

男は踵《きびす》を返すと、蹲《うずくま》っている商家の主人に一刀を突き刺し、慌てて立ち上がった手代の首を刎《は》ね飛ばした。

「まだ、この二人の方がいい。おぬしは斬る価値も無い……と、わしがかつて言われた台詞《せりふ》を、おぬしに贈ろう」

男は浪人たちに退《ひ》く合図を出すと、刀を腰に納めた。そして、求馬の濡《ぬ》れた袴《はかま》を一瞥して哄笑《こうしょう》した。

「実力に見合わぬ正義感は、早死にするだけよ。悔しかったら、それに見合うだけの力を身につけることだ」

第一章　流転の姫

1

張りのある、気勢だった。

もう一度声が上がり、それから大きく踏み込んできた。

迅《はや》く、そして力強い面打ち。求馬は向かってくる竹刀を軽くいなすと、空いた胴をしたたかに打ち抜いた。

すると自分の番を待ちかねていたように、道場脇に控えていた門人が立ち上がった。防具に身を固めているが、求馬は稽古着《けいこぎ》姿で、汗止めの鉢巻きを巻いているだけである。

この日は、品川台町《しながわだいまち》にある無外流花尾《むがいりゅうはなお》道場での代稽古だった。

道場主の花尾周吉《しゅうきち》は、流儀流派の純血性に頓着《とんちゃく》しない人物で、「強くなりたいと思うのなら、他流の者から教えを乞《こ》うのもいい」という砕けた思想を持つがゆえに、定期的に求馬を呼んで、道場の代稽古をさせているのだ。

一日の稽古料が二百文と、中々に吝《しわ》い報酬ではあるが、依頼主が叔父《おじ》とも呼んでいい周吉とあれば、到底断ることは出来ない仕事である。

周吉は一年前に他界した養父・三蔵にとって、数少ない剣友なのだ。

三蔵は、偏屈な性格や商売を度外視した稽古の荒さゆえに、江戸の剣客たちからは、些《いささ》かの侮蔑《ぶべつ》を込めて〔剣鬼《けんき》〕と呼ばれて避けられていたが、周吉だけは「連中が剣鬼と呼ぶのは、鬼のようなお前さんの強さを恐れているからさ」と、噂に対して大いに笑い、終生良き理解者であり続けた。当然ながら求馬のことは、乳飲み子の頃から知っている。

報酬は少ないが、「おぬしの道場は、相変わらずなのであろう？　ならば、一つうちの門弟に稽古をつけてやってくれんか」と、養父の代から鳴いている閑古鳥や懐事情を心配して、声を掛けてくれた善意の申し出に対して、「報酬が釣り合わない」など言えるはずもない。

それに稽古の合間には昼飯も出るし、猛者《もさ》揃いの花尾道場での稽古であれば、自身の修練にもなる。眠い眼を擦《こす》って不寝番をしたり、命のやり取りになりかねない用心棒をしたりするよりはいい。

次に出てきた男は、軽く籠手《こて》を打った。一段高くなった師範席にいた周吉が、

「武藤喜左衛門《むとうきざえもん》」と、名を告げた。

そう呼ばれて立った男は、門人の中では一番に名が挙がる凄腕《すごうで》で、熊のような体格を持つ御家人だった。

「今日こそは、求馬の天狗《てんぐ》っ鼻を折ってやれ」

周吉が武藤をけしかける。面白半分なのだろう、周吉は笑顔だった。

武藤が猛然と打ち込んできた。武藤の体格に似合わぬ素早い攻めを、一つ二つと払う。攻めに転じる隙が無いわけではないが、敢《あ》えて受けに回っていた。

傍目《はため》には、武藤が押しているように見えるだろう。実際に求馬はじりじりと下がっている。武藤も「いけるのでは？」と感じているはずだ。そして武藤の予感が確信に変わった時、求馬は攻勢に転じて鮮やかに面を打った。

「それまで。武藤よ、まんまと罠《わな》にはまったの」

「面目ございません。誘いとは気付きませんでした」

「よいよい。剣鬼の小倅《こせがれ》と張り合える者は、この中ではわしか師範代ぐらいなものよ。わしとしては、早《はよ》う一本を取れる弟子が現れて欲しいがの」

苦笑した周吉が席を立って、稽古は終わった。

「いやぁ、筧殿はいつ立ち合っても凄い。全く歯が立たん」

稽古が終わると、最後に立ち合った武藤が声を掛けてきた。それに対し、求馬は首を振る。

「まるで筧殿は、風のようだ。こちらの竹刀を、春風のように穏やかに躱《かわ》したかと思えば、突風のように猛然と打ち込んでくる。そして、中々に捉《とら》えさせてくれないのだからね。参った、参った」

そう言って白い歯を見せて笑った武藤は二十四であり、弱冠十八歳の求馬に対して、礼節を尽くしてくれる。花尾道場の門人たちは、こういう男ばかりで、報酬が少なくても我慢できる大きな理由となっている。

それから、道場裏の井戸で身体を清め、周吉に挨拶《あいさつ》をして道場を出た。朝の五つ半から稽古を始めたが、今は既に夕の七つを迎えようとしている。

（いつまでも、こうしていては駄目だな）

と、〔無外流花尾道場〕と墨書された看板の前で、一つ溜息《ためいき》を洩《も》らした。

周吉の配慮はありがたい。それに、吝い給金とは言え、幾分か財布も重くなった。それだけでなく、炊き過ぎたと言って、余った飯を古漬けの沢庵《たくあん》も添えて持たせてくれた。少なくとも飢えて死ぬことはない。

しかし、求馬には養父から引き継いだ道場が、麹町の四丁目にあるのだ。

元服した翌年――、つまり昨年の春に、三蔵は卒中で倒れた。日々酒を嗜《たしな》んでいたので、酒毒に侵されたのだろう。三日三晩いびきをかき続けた末に、息を引き取った。

養父を失った求馬に残されたのは、重過ぎる深妙流筧道場の看板だった。

しかし筧道場には、門人はいない。三蔵の頃からそうなのだ。荒稽古のせいで入門者が長続きせずに、すぐに逃げてしまう。養父はそれを気にする風もなく、「銭はどうとでも稼げる。ゆえに、わしは剣術を商売にはしたくはない」と嘯《うそぶ》いていた。

つまり求馬が引き継いだのは無人の道場であり、僅《わず》か十八の若造に教えを乞おうという物好きはいない。それで仕方なく、口入れ屋で仕事を漁《あさ》る日々を送っているのである。

さりとて、稽古をしたいのは花尾道場ではなく、自分の道場。繁盛させるまでいかなくても、少なくとも自分の力で立っていたいのだ。

とは言っても、入門者が現れる気配はない。その原因はわかっている。若さもあるが、己への自信の無さだ。覇気というものが足りないと、周吉からも常々言われる。その原因に心当たりはあるが、今のところ打開策は見当たらない。

「それに、お前は強そうに見えん。それもいかん。剣術商売は師範のみてくれも重要じゃ」

などと周吉に言われ、せめて剣客らしく見えるようになろうと、求馬は月代《さかやき》を剃《そ》るのを止め総髪となった。周吉の評価は「多少は良くなった」程度であるが、元来の童顔まではどうにもならない。

「まっ、ここで深く考え込んでも仕方がない」

求馬は、独り言《ご》ちるように呟《つぶや》くと、気を取り直して歩き出した。

＊　＊　＊

夕闇が迫っていた。

秋も終わりを迎えつつあり、冬の香りの濃い風が吹いている。行き交う人は、着物の衿《えり》に首を縮こめているが、朝の五つ半から猛稽古《もうげいこ》に励んだ求馬にとっては、火照り冷ましの心地よいものに感じられた。

その求馬が歩みを止めたのは、雉子ノ宮《きじのみや》に至った辺りだった。

境内の周囲には年季の入った樹木が生い茂っており、鎮守の杜《もり》となっているが、その奥から不穏な気配を感じ取ったのだ。

周囲には人家もなければ、人影も見えない。しかし何かを感じる。

それが自分に向けられたものなのかどうか、わからない。しかし、杜の奥に何者かがいることは確か。しかも、物々しく鋭い気を放っている。

「剣客というものはな、息をしているだけでも敵を作る生き物なのだ。心当たりがなくとも、常に狙われているものと心得ねばならぬぞ」

ふと、三蔵の言葉が頭に蘇《よみがえ》り、求馬は大宰帥経平を一瞥《いちべつ》した。

求馬には、迷いがあった。このまま捨て置くか、確かめる為に杜の奥に踏み込むか。求馬は、微《かす》かに震える手を握りしめた。

「狼藉《ろうぜき》者。わたくしを誰と心得るか」

迷いの思念を打ち消す、女の声だった。それに続く、真剣が馳《は》せ合う金属音。斬り合いだった。

求馬は、咄嗟《とっさ》に杜に飛び込んでいた。そして、女の声がする方へ駆ける。すると道は拓《ひら》け、そこでは覆面で顔を隠した曲者《くせもの》たちが、若い娘と武士を取り囲んでいた。

武士は若い娘を守るように立ち、その足元には、仲間と思われる者が、斬られて転がっている。

「誰だ」

曲者の一人が吼《ほ》え、求馬は慌てて大樹の陰に身を隠した。

痛みが伴うほどに、胸が激しく脈打っている。脳裏に、二年前の光景が浮かんだのだ。

(俺は、何をしているんだ。自分で飛び込んでおいて、この様《ざま》か)

だが、恐怖が蘇る。呻吟《しんぎん》すら覚える、心の奥底に仕舞い込んだ、忌々しい記憶。

二年前、不逞《ふてい》浪人に襲われた商家の主従を助けようとして、結果的に二人を死なせてしまった。その上、小便まで漏らしてしまい、斬る価値もないと見逃された。

あの出来事は、結局誰にも言わなかった。自分一人の胸に留《とど》め、素知らぬ顔で室田に挨拶をし、養父にも「つつがなく旅を終えた」と報告した。屈辱と羞恥《しゅうち》ゆえに、あの二人の死を無かったものにしてしまったのだ。

全て、あの日と繫《つな》がっている。今の自分に自信が持てないのも、覇気が足りないと言われるのも、道場が流行《はや》らないのも、今の苦境は全部そうだ。全部が全部、あの日と繫がっている。

そうしているうちに、護衛と思われる武士の、絶叫が聞こえた。求馬は、恐る恐る目を向けた。

護衛の身体に、次々と刃《やいば》が突き立っていく。求馬は再び身を隠した。

俺が殺した。見殺しにした。止めに入っていれば、死ぬことはなかったかもしれない。

(また殺すのか……。自分の無力さゆえに)

嫌だ。もう二度と、あんなことを繰り返したくはない。

だが、俺に救えるのか？　手が震えていた。膝《ひざ》も。歯の根も合わない。二年前と同じだ。

恐ろしいのだ。真剣が、斬り合いが、強い相手が。

しかし、それよりも恐ろしいことがある。それは、このまま臆病《おくびょう》な負け犬のままでいること。言い訳ばかりをして、困難から目を逸《そ》らし、逃げるだけの男として一生を終える。それは死ぬよりも、恐ろしい。

これは、変わる為の好機ではないか。負け犬のままでいることが、死ぬよりも怖いのなら、やるだけやって駄目なら死ねばいい。

(俺は、逃げない男になるんだ)

求馬は、右手の親指の付け根を、思いっきり嚙《か》んだ。その痛みが、深いところにある、自分の何かを呼び覚ました。

震えは止まっていた。俺はやる。俺はやれる。変わるんだ。

「やめろ」

声は抑えた。養父の教え。心を乱した者が敗れる。

曲者たちが視線を向ける。誰かが言った。「やはりいやがったか」と。相手に驚きはないようだ。

「手出し無用」

曲者が吠《ほ》えたが、求馬は刀を抜き払うと、猛然と駆けて娘と曲者の間に駆け込んだ。

「危険です」

娘が、横目で言った。意思がはっきりとした、通る声だった。

甘い香りがした。年頃の娘が持つ、香《かぐわ》しいものだ。年の頃は、自分より一つか二つは下だろう。冴《さ》えざえとした瞳《ひとみ》と尖《とが》った顎《あご》には、勝ち気で気位が高そうな印象がある。

求馬は、その娘が美しいと思った。ずっと眺めていたい。どれだけ、そうしていても飽きなどはしないだろう。だが、今はそれどころではない。

「わかっています。でも、人が斬り殺されているっていうのに、見ないふりなんて出来ませんよ」

　娘は何も言わない。求馬は更に言葉を重ねた。

「大丈夫です。あなたは、俺が守ります」

　今度は、明確に頷《うなず》いた。

　相手の力量はわからない。ただ、殺しには慣れている手合いだろうが、相手を測るような余裕はない。ならば、最初から全力でいくしかない。

　曲者は四人。こちらは、一人。しかも、娘を守りながらの戦いになる。不利な状況が、恐れを加速させる。だが、それでは敵の思う壺《つぼ》。養父はこうも言った。

「立ち合いでは、我を忘れた者が死ぬ。心を乱すな。冷静でいろ。それがたとえ、死ぬ瞬間であってもだ」

　恐怖が消えたわけではない。しかし求馬は、湧き上がる感情を抑えた。無にならなければ死ぬ。無となって、自分に向けられた、刃のみに集中しなければ、待っているのは死しかない。

　正眼に構えた大宰帥経平の切っ先をやや下げて、柄《つか》の握りに余裕を持たせた。ゆっくりと長く息を吐く。息が尽き、半眼《はんがん》で相手を見据えた。全ての感覚を、切っ先に集める。

養父の姿を思い浮かべた。まだ前髪を落とす前。春の日差しの中。誰もいない道場で、二人並んでいた。

切っ先を、やや落とした正眼。柄の握りも、余裕を持たせている。その姿と、自分が重なった。

先頭の男。距離は三歩ほどか。摺《す》り足で、男が半歩踏み出す。互いの剣気がぶつかる。すると、男が堪《たま》らずに斬りかかってきた。

(風を感じろ……)

心中で、求馬は念じた。

人が動く時に、風が起こるもの。その風を感じる事が、深妙流の秘奥・颯《さつ》の太刀である。

(来た)

上からの、微かな風。男は、上段の構えからの斬り下ろしを放とうとしていた。その風を躱《かわ》すように、踏み込む。そして、突風のような横薙《よこな》ぎで、脇腹を払う。したたかな、手応《てごた》えがあった。

男が前のめりで転がり、臓物を撒《ま》き散らかした。

斬った。俺は人を斬ってしまった。そんな感慨を与える暇も無く、すかさず左右から残りの二人が吶喊《とっかん》してきた。

突きと斬撃《ざんげき》。今度は明確に、風を感じた。求馬は、伸びてくる刃の白い光をかいくぐって、大宰帥経平を奮《ふる》った。

血飛沫《ちしぶき》が二つ上がった。返り血を跳び退いて躱す。それは本能的に、身体が動いていた。

＊　＊　＊

「やるではないか」

残った一人が、低く笑いながら言った。刀すら抜いておらず、ただ懐手で佇立《ちょりつ》している。

「小僧と思ったが、中々どうしてやるものだ」

男は、覆面を毟《むし》り取った。

三十半ばの、強面《こわもて》の顔がそこにあった。右眉《まゆ》から、頬にかけて古い刀傷がある。

それだけでも、この男が歴戦の古強者《ふるつわもの》であることが窺《うかが》える。

「俺は見ているだけのつもりだったんだがなぁ」

「退《ひ》きませんか？」

　すると男は肩を竦《すく》めた。

「こちとら商売なんだ。ここで帰ると思うかい？」

「銭なんかの為に、命のやり取りをする必要はないと思いますが」

「それは、本当に飢えたことのねぇ人間の台詞《せりふ》だな。それに、銭の価値を決めるのは勝手さ」

　返す言葉も無いが、求馬は動じないように努めた。こうした舌戦も、相手の策かもしれない。

「だが、お前さんの腕は称賛に値する。斬られた三人は、決して弱くはなかった」

「それはどうも」

「名を聞こう。四半刻《しはんとき》以内にはどちらかが死ぬであろうし、ならばせめて剣客として立ち合いたい」

　求馬は男の問いに、暫《しば》し黙り込み、「深妙流、筧求馬」と告げた。

「おお、深妙流か。とすると、お前さんは剣鬼の……」

「息子です」

　そこまで言うと、男は刀に手を掛けた。

「あの剣鬼が育てた子と立ち合えるなど、思わぬ僥倖《ぎようこう》。俺は甲賀鉄心流《こうがてつしんりゆう》、神路多聞《かみじたもん》。勝っても負けても、恨みっこは無しだ」

言葉は、それ以上無かった。多聞が抜き打ちの構えを見せたのだ。

居合を相手にするのは、これが初めてだ。その上、神路は俺よりも強い。それは、すぐにわかった。経験もある。風格も圧も、全てが自分よりも優《まさ》っている。そんな神路に、どうやって勝つのか？

そうした疑問を、求馬は頭から打ち消した。こんなものは雑念だ。今の自分には、颯の太刀しかない。これを信じる他に、生きる道など無い。

求馬は、正眼の切っ先を少し下げた。握りを甘くし、ゆっくりと長く息を吐いた。颯の太刀の構え。養父は、〔風待ちの構え〕と呼んでいた。

息が尽きると、半眼で神路を見据える。その刹那《せつな》だった。

神路が巻き起こす風。それを感じて、躱そうとしたところに刃の光が伸びてきた。居合かと思ったそれは、脇差だった。抜き打ちをすると見せかけ、脇差を投げたのだ。

躱すには遅く、刀で打ち払ったが、そこに隙が生まれた。

風。それは暴風と呼ぶに相応《ふさわ》しい、禍々《まがまが》しいものだった。完全に虚を衝《つ》かれ、求馬は身を翻した。

刃《やいば》が身体を掠《かす》めた。痛みは感じない。薄皮一枚のような気もするし、抉《えぐ》られているという気もする。ともかく、息は切れかかっていた。

再び向かい合った。やはり、俺は勝てないのか。どれだけ考えても、この男を倒す、勝ち筋が見つからない。

（ここで諦《あきら》めれば、いつもと同じだ）

俺はやる。やれるんだ。やってやる。

再び神路が抜き打ちを放つ。躱すか防ぐか、その選択肢を考える余裕すら無く、求馬は半ばやけくそに踏み込んだ。

神路の風。横薙ぎの一閃《いっせん》を、求馬は下段から撥《は》ね上げた。そして、振り下ろす。

命を奪う、嫌な感触。神路の首筋から鮮血が噴き上がり、そしてゆっくりと膝《ひざ》から崩れ落ちた。

＊＊＊

四人を斬り、辺りには六つの屍《しかばね》が転がっていた。

勝った。そして、生き残った。しかし、嬉《うれ》しさなど微塵《みじん》も無かった。

「よくぞ、わたくしを助けてくださいました」

娘の口調は凜《りん》としているが、安堵《あんど》しているのは、見るからに明らかだ。

「あっ、傷が」

娘の視線が脇腹に移り、求馬は自分が斬られていることを思い出した。慌てて確かめると、やはり薄皮一枚を斬られているぐらいで、これなら唾《つば》をつけておくだけで治る。

「大事はありません……」

しかし、手が震えていた。人を斬った、命を奪った重みが、今頃襲い掛かってくる。

「初めて、人を斬ったのですね」

「ええ、初めてでした」

絞り出した声だった。

「わたくしが斬らせたようなものです。何とお詫《わ》びしたらいいか」

「いいんです。俺はこう見えても、一応は剣客です。いずれ人を斬ることにはなるだろうと、覚悟はしていました」

「わたくしが言えた義理ではございませんが、誰かを守ろうとして、奮った剣ならば気に病むことはありません。この者たちも、斬られる覚悟をした上で、わたくしたちを襲ったのでしょうから」

「……そう思うことにします」

そうは言ったが、斬った事実とあの感触が消えることはない。いつか斬るだろうと、覚悟はしていた。それでも耐え難い重みが押し掛かる。

誰かを守る為の剣だ。仕方なかったと、今だけは思いたい。

「そうだ、まだ名乗ってはいなかったですね。俺は、筧求馬。あなたは？」

「わたくしは……、茉名《まな》と申します」

茉名、と口の中で反芻《はんすう》した。良い名前だと思った。その容姿に見合った、美しい響きである。

「どうして襲われていたのですか？」

「それは……ゆえあって、仔細《しさい》は申し上げられません。ですが、あなたのお陰で救われました。この者たちには、悪いことをしましたが」

事情を抱えていることはわかる。それが単純に明かせないことも。でなければ、襲われもしない。

「とにかく、ここを去りましょう。誰か来たら大事になりますよ」

「でも、このままにしておいては」

と、茉名は仲間たちの骸《むくろ》を視線で示した。

「俺にも話せない事情を抱えているんですよね。その為に、あなたは戦っている。なら、亡くなった人たちも、わかってくれると思います」

茉名は頷《うなず》き、求馬と共に小走りで杜《もり》の出口へ向かった。

2

目覚めると、そこはいつもの天井だった。

あれから求馬は、行く当ても身の隠し処も無いという茉名を、麴町にある自宅道場へと連れ帰っていた。

花尾道場に駆け込むという手もあったが、周吉には迷惑を掛けたくはないし、茉名を追う者たちがどこと繫《つな》がっているかわからない。

朝になっていた。昨夜は、遅くまで眠れなかった。だからか、身体の疲れは取れていない。全身が鉛のように重く、身を起こす気にもなれなかった。

薄皮一枚とはいえ、脇腹のひりつきを感じて、求馬は溜息《ためいき》を吐いた。脳裏に去来する、昨日の光景。神路との立ち合い。刃の光。命を奪う感触。血の臭い。四人を斬ってしまった。いくら尋常な勝負であっても、誰かを守る為であっても、人を殺したことに変わりはないし、もう人殺しではなかった頃には戻れもしない。その事実が、堪らなく重い。

考え込んでも、仕方がないとは思う。慣れる以外に、道は無いとも。ただ何も感じなくなったら、それこそ人ではなく獣になってしまう。二年前に出会った、あの浪人のように。

そんな思いを巡らせていた求馬は、何かを思い付いたように飛び起き、襖《ふすま》で仕切られた続き間に声を掛けた。

返事は無い。耳を澄ませても物音を感じず、仕方なく恐る恐る襖を開くと、そこに茉名の姿は無かった。

(しまった)

まさか同じ部屋に、というわけにはいかないので、かつて三蔵が使っていた続き間で床を取ったのだ。

勝手に出ていったのか、或《あ》るいは攫《さら》われたのか。攫われるにしても、気配は感じなかった。それに布団はきちんと畳まれた上に、部屋の隅に寄せられている。

(だが、偽装かもしれない)

敢《あ》えてそうした、という可能性。考え過ぎかと思いつつも、求馬は屋敷内を確認し、母屋と渡り廊下で繋がった道場で茉名を見つけた。

茉名は道場脇に掲げられた、名札掛けに目をやっている。

師範、筧求馬。以上。師範代のところにも、門人のところにも、名札は掛かっていない。以前は三蔵と二人だったが、今は一人だ。

「あっ、申し訳ございません」

と、求馬を認めた茉名が、一つ頭を下げた。

「捜しましたよ。いなくなったかと心配しました」

「目が覚めたのが早くて。お屋敷は、道場だったのですね」

昨日、品川台町から戻ったのは、とっぷりと陽が暮れた頃合いだった。屋敷の案内をするには遅い刻限で、屋敷が道場であることは言わなかった。

「俺が道場主で、深妙流の看板を掲げています」

求馬はそう答えると、消え入りそうな声で、「門人はいないですけど」と付け加えた。

「そんなことがあるのですね。どうして門人がいないのですか？」

「どうしてって……、何ででしょうね」

これには苦笑するしかなく、その反応に茉名は首を傾げた。

「俺は、旗本の子だったんですよ。でも母親が下女で、側室にも妾《めかけ》にもなれず、俺を里で産むとすぐに死にました。それで、俺のことを不憫《ふびん》に思った爺様《じさま》が引き取り、この道場主だった筧三蔵の養子にしたんです」

茉名は、真っ直ぐな視線を求馬に向けていた。

その真っ直ぐ過ぎる視線が、この娘の性格を表している。生真面目で、自分にも他人にも厳しいのかもしれない。ただそう見つめられると、流石に居心地が悪く、求馬は話を続けた。

「で、その三蔵というのが、偏屈な人間で。いや俺の育ての親ですから、感謝していますし、尊敬もしていますが、世間はそうは見ていないというか。剣の強さにこだわり、人付き合いも悪く、商売っ気も無いんです」

「商売っ気とは、お父上も剣客だったのでしょう？」

「ええ。でも、江戸の剣術道場というのも商売なのです。優しくわかりやすく指導し、門人をその気にさせないと、人も集まりません。父はそれが嫌だったんですよ。

だから、周囲からは剣の鬼、〔剣鬼〕などと呼ばれ、煙たがられていましたが、

「剣術も商売とは、武士とあろうものがとは思いますが、お父上は実直なのですね。

だから嘘を吐けない。自分が愛する剣なら、なおのこと」

求馬もそう思う。記憶の中の養父は、無口で愛想が無く、酒を飲む以外は剣しかなかった男だ。世間はそんな養父を変り者扱いしたが、求馬は好きだった。その養父を、茉名はわかってくれた。こんなにも嬉《うれ》しいことはない。

「だからこそ、今は閑古鳥を飼っているわけですけどね。おっと、そんなことより朝餉《あさげ》にしましょう。今から作ります」

「求馬どのが？」

「勿論《もちろん》ですよ。この屋敷には俺しかいませんし、それに料理は得意なんです」

茉名の奇妙な反応をよそに、求馬は母屋へと向かった。

朝餉は、花尾道場で貰《もら》った飯を使って、簡単な雑炊を作ることにした。

飯はある程度の大きさに握られた上に、笹の皮に包まれている。そのまま二人で食べるには量は心許《こころもと》ないが、雑炊で使うなら十分な量だ。

材料は飯の他、鶏卵が二つと葱《ねぎ》がある。となると、卵雑炊しかない。

雑節《ざつぶし》を使って出汁《だし》を取ったあと、醬油《しょうゆ》・味醂《みりん》・塩で味を調えつつ、飯を入れた上

で、溶いた卵を円を描きながら投入。最後は葱ともらった沢庵《たくあん》を添えて出来上がりだ。出汁に使った雑節も、醬油をかけて雑炊の菜とした。

「見事な手際ですね。得意と言っていたのも頷けます」

その料理の一部始終を、台所と繫がった囲炉裏の傍で待っていた茉名が、感心して言った。

求馬は素直に褒められたことが、嬉しくもあり照れ臭くもあり、「見事と言うのは、食べてから言ってくださいよ」と口を尖《とが》らせた。

茉名は頷くと、箸《はし》を手に取った。

何度か息を吐きかけた後で、ゆっくりと口に運ぶ。その様子を求馬は、自分の丼《どんぶり》をかき込みつつ、恐る恐る目をやった。

「うん」

茉名が頷き、ぱぁっと花が咲いたように明るくなった。

その表情に、求馬は全身が熱くなった。胸が高鳴り、耳まで赤くなっているのでは？　と、心配になるほどだ。

今まで、こうした感情は無かった。美しい、と思う女性はいたが、茉名は少し違う。言葉では説明出来ないが、何かが違った。

「えっと、あの口に合いますか？」

求馬はいたたまれずに、次の言葉を促した。

「勿論です。出汁のいい匂いもしますし、味加減がとてもいいと思います。斯様《かよう》な食事、わたくしは初めてかもしれません」

「ただの雑炊ですよ。鶏卵が少し高いですが、簡単に作れます」

「そうなんですか。簡単な料理でさえ、わたくしは知りません」

俯《うつむ》く茉名に、求馬は慌てて「違う、違うんです」と頭《かぶり》を振った。

「茉名さんが、何も知らないわけじゃないです。俺は幼少の頃より、父に従って関《かん》八州《はっしゅう》を旅していたのです。料理はそうした旅の中で学んだもので、この雑炊も父に仕込まれました。他にも獣の獲《と》り方や捌《さば》き方、食べられる野草や毒がある茸《きのこ》とか。俺も知っているから、みんな知っているだろうと思っていたのですが、よくよく考えると、そんなもの誰もが知っているわけではなく……」

「ふふ……。優しいのですね、求馬どのは。いいのですよ、わたくしは世間知らずなのですから。仔細《しさい》は申し上げられませんが、そうならざるを得ない場所で、わたくしは生まれ育ちました」

それを耳にして、求馬には幾つかの選択肢が浮かんだ。言葉遣いや所作も、みっちりと指導を受けた者が持つ、礼儀正しさがある。

その先が知りたい。茉名という娘が、どこで生まれ、どこで育ち、何を好み、何を考えているのか。つまり、茉名が誰なのか知りたい。

しかし不用意に詮索《せんさく》して、口を貝のように閉ざされても困るし、気を悪くして出ていかれても困る。

(困る？　俺が？)

いやいや、俺は困らない。茉名の傍にいたいわけでなく、一人では危険だから、一緒にいるのだ。茉名の安全が確保されるまで、力になると決めていた。

「茉名さん、人には色々あるものです。俺も、自分の生まれには色々ありました。だから、こんな流行《はや》らない道場にいるんです。誰だって、何かを抱えているものです」

「わたくしも、事情を抱えています」

「知っていますよ。それは昨日で、十分にわかりました。なので、まずは雑炊を食べましょう」

それから雑炊を、二人で黙々と食した。昨夜は夕餉《ゆうげ》を摂《と》らなかったので、二人にしては多いかと思った雑炊は、ぺろりと平らげられた。

＊＊＊

「これからのことですが」

食事を終えると、場所を客間に移した。

「いつまでも、ご迷惑はおかけできません。すぐに出ていきます」

茉名がきっぱりと言ったので、求馬は慌てて首を振った。

「いえ、そういうことではないのです。ここならいつまでもいてくれて構いません。どうせ俺一人なんですし。それに俺は、茉名さんを助けたい」

「助ける？　求馬どのが？」

「ええ。あなたが狙われているのはわかりました。そして、敵があの四人だけはないことも。今の茉名さんには、一人でも味方が必要なはず。理由なんてわからないですけど、俺は茉名さんに協力したい」

「あなたには関係のないことです」

茉名は、一言で切って捨てた。そうした物言いすら絵になる、美しいとすら思えるから不思議である。

「関係ない、とは思いません。俺は四人も斬ったんです。茉名さんを襲っていた連中を。だからって、恩に着ろと言いたいわけじゃない。四人を斬ったのは、俺の選択ですから。人を斬っておいて、関係ないと知らぬ振りは出来ない」

「わたくしが抱える事情を知れば、あなたも命を狙われてしまいます。わたくしは、求馬どのまで巻き込みたくはありません。これ以上訊《き》くようなら、わたくしは出ていきます」

それが冗談でも、脅しでもないことは、茉名の表情と声色でわかる。

この人はいつも本気だ。そうならざるを得ない、厳しい状況で生きている。茉名が抱えている問題の深さは、険しい表情が如実に物語っていた。

「わかりました。茉名さんが話したくないと言うのであれば、話したくなるまで、俺は待ちます。あなたが何者だっていい。俺は、茉名さんを助けたい」

「どうして、そこまでして」

「俺は、責任を果たしたいんですよ。俺の意気地が無いばかりに、茉名さんの仲間を死なせてしまった。あと少し勇気があれば、少なくとも一人は救えた。俺が逃げそうになったから。だから……彼らの分の願いを、俺は果たしたいんですよ」

茉名と目が合う。揺るぎない決意が、その視線で伝わる。求馬も目を逸《そ》らさなかった。もう関わってしまった。それに、俺は自分が死なせた、あの武士の為にも戦いたかった。

茉名は視線を、目を伏せると軽く微笑んだ。

「詳しい事情は明かせませんが、わたくしは追われる身なのです。敵は、一人や二人ではありません。相手は藩《くに》のようなものでございます」

「茉名さんは一人なのですか？」

すると、茉名は首を横に振った。

「同志はおります。しかし、どうやって連絡を取るか……。敵は腕のいい密偵も雇っておりますゆえ、不用意には動けません。暫《しばら》く、時を待ちましょう。いずれ、妙案も浮かぶでしょうし」

「では、それまで道場でお守りします」

「ありがとうございます。ですが、それではお勤めの邪魔に」

「確かに、暫くは稼ぎに出られませんね。まぁ、その為の蓄えはありますけど」

「稼ぎに出るって、求馬どのは道場の他にも勤めを？」

「恥ずかしながら、道場はごらんの通りの有様ですから。昨日は代稽古《だいげいこ》だったのですが、あれは良い方です。他には用心棒や商家の不寝番、隠居したご老人の世話や、畚《もっこ》なんか担いだりしますよ」

笑わせるつもりで求馬は言ったが、茉名は感心するように頷くと、「生きるということは、こんなにも大変なことなのですね」と呟《つぶや》いた。そうした反応の方が、恥ずかしいし困ると求馬は思った。

＊＊＊

その日から、道場では竹刀の打ち合う音が響き渡るようになった。

茉名が自ら、稽古をしたいと言ったのだ。身を守る術《すべ》を、自分も持ちたいと。勿《もち》論《ろん》、それを断る選択肢は無い。今のところ、現状を打破する術を考える他にやることはなく、いくら思案しても事情を知らない以上は考えようがない。求馬にとっては、気晴らしにもなる、ありがたい申し出だった。

それに、時として剣は口以上に物を語る。これは養父の受け売りだが、向かい合うことで茉名について何かわかるかもしれないという、仄《ほの》かな期待もあった。

着替えを終えて道場に現れた茉名に、求馬は釘《くぎ》付《づ》けになってしまった。

茉名は変装するという意味でも、御髪《おぐし》を若衆髷《わかしゅまげ》に結い直し、着物も求馬のものを借りて、男装に仕立て直したのだ。

これは茉名から言い出したことだ。「何も、そこまでする必要は」と求馬は躊躇《ためら》ったが、茉名は聞き入れなかった。「これで、少しでも欺けるのならば」と。

これで一目では、娘とは思わないだろう。ただ、美しい。凜《りん》として咲く、白百合《しらゆり》のようで、男装の麗人という言葉がぴったりである。求馬の吟味するような視線に気付いた茉名は、「何か、わたくしがおかしいですか?」と訊いた。

恥じらいのない、率直な疑問としての問いに、求馬は慌てて首を振った。自分の容姿に自信があるのか、或《あ》るいは無頓着《むとんちゃく》なのか、その辺はわからない。ただ、若い娘が男装までして、この状況を変えたいという強い気持ちは伝わってくる。

「稽古はほどほどにしましょう。根を詰めると、いざという時に身体が動きませんから」

そう前置きをして、竹刀を手に向かい合うと、茉名の構えには目を見張るものがあった。

基本が出来ているのだ。正眼の構えは力み過ぎず、自然体でありながらも、背筋は伸びて身体の中心で竹刀を構えている。養父が嫌った板張りの上の剣、その見本のようでもあるが、真面目に稽古をしていたことが窺《うかが》える。

その茉名が、甲高い気勢と共に打ち込んできた。力は若い娘なりだが、勢いはある。竹刀慣れと言うべきか、打ち込むことに慣れている。

頭の中に浮かぶ、幾つかの可能性。まず、武家の娘であることは間違いなさそうだ。

求馬は、茉名の打ち込みを、払うだけに終始した。打ち込みはしない。「どうしたのです、来なさい」と茉名が言っても、求馬は受けに回った。茉名に打ち込めるわけがないし、受けだけでも自分の修練になる。しかし、茉名は不満そうなので、一歩前に出る、あからさまな気を放つと、茉名は大きく跳び退いた。

「茉名さん、剣術は初めてじゃないですね」

求馬は構えを解いて聞いた。茉名は大粒の汗を浮かべている。

「少し学びました。他に、薙刀《なぎなた》や小太刀、柔《やわら》の術も」

「だからか。仕掛けるのに、躊躇《ちゅうちょ》しない。人を打つことには、慣れが必要なんですよ」

「ですが、どれもお稽古の範疇《はんちゅう》ですね。求馬どのと、竹刀を合わせてみると、それがよくわかります」

求馬は頷《うなず》いた。茉名の腕では、追っ手たちに太刀打ちするのは難しい。それは実際に刃《やいば》を交えた自分だからこそわかる。

「もし、敵に刃を向けられる状況になったら、まずは逃げることを考えましょう。それが一番です。変に立ち向かうのは危険です」

「もし、逃げ場が無い場合は？」

「抗《あらが》うことです。最後まで諦《あきら》めず、傷だらけになっても抵抗する。これも父に教わったことなんですが、山で熊や狼に襲われた時、生き残る秘訣《ひけつ》は、最後まで諦めず抗うことらしいんです」

「わたくしの敵は人間。ならば獣よりも容易《たやす》いかもしれませんね」

そう言って、茉名は笑った。求馬も釣られて笑った。

＊＊＊

養父や実祖父亡き世で最も信頼し、そして今の状況では最も厄介な来客を迎えたのは、茉名が道場に来て三日目のことだった。

午前の稽古を終え、素麺《そうめん》だけの簡単な昼餉《ひるげ》を摂《と》った後、茉名は起居している間で休んでいた。

「用事で近くまで来たのでな。ちょっと寄ってみたんだ」

　そう言ったのは、求馬の異母兄である、芳賀鵜殿《うどの》だった。

　鵜殿は玄関の取次の前で、白い歯を見せた。求馬と違って背が高く、鼻筋の通った兄の笑顔は、いつ見ても眩《まぶ》しい。

　芳賀家の長兄である鵜殿は、正室の悋気《りんき》を恐れて求馬に愛を注がなかった実父・主尾《とのお》が三年前に血を吐いて死ぬと、その跡を継いで芳賀家三千石の当主となっている。

　鵜殿は、求馬にとって憧《あこが》れであり、最大の庇護《ひご》者だった。求馬とは九つ違う兄は、実祖父が死ぬと、宮内に代わって芳賀家との間を繋《つな》いでくれた存在である。

　宮内が危篤に陥った時、十六歳だった鵜殿は、両親の反対を押し切り、「反対するのならば、嫡男の座から降りる」とまで言って、当時七歳だった求馬を芳賀家に連れてきて、宮内の死に目に会わせてくれた。そこで求馬は遺言として大宰帥経平を託され、鵜殿は後見役を宮内から引き継いだ。

　主尾も正室も嫌な顔をしていたが、鵜殿は「私は人として当然のことをしたまで」と全く意に介さず、何かにつけて求馬の面倒を見て、今もそれは続いている。

　今年二十七の働き盛りで、性格は生真面目。そして何より、慈愛に満ちている。

絵に描いたような善人と、三蔵が言っていたほどだ。しかし幕府内では俊英として知られ、今は若年寄《わかどしより》・米倉昌晴《よねくらまさはる》の下で目付《めつけ》の役に就いている。

「兄上、来られたんですか」

「悪いか？　ちょうど近くで用件があってな。たまにはお前の顔でも見ようという話になって……なっ？」

と、兄の後ろから、嫂《あによめ》の菊於《きくお》が顔を出した。

「義姉《ねえ》さんまで……」

「久し振りなのに、随分な言い草ね。でも、わたしは嬉《うれ》しいわよ、元気な顔を見られて」

「いや、違いますよ。私も嬉しいに決まっています」

「なら、いいのですけど」

義姉の菊於は、名門旗本の娘で、芳賀家とは遠縁にあたる。名門の出身ながら菊於は砕けた性格で、主尾夫妻が健在の頃は多少の遠慮もあったが、二人が亡くなった今は、夫である鵜殿と一緒になって、求馬を実の弟のように可愛がってくれている。

夫婦仲は大変よく、こうして二人だけで出掛けることもある。まだ子宝には恵まれてこそいないが、それでも二人の仲は昔と変わらず、配慮に欠ける親族衆の雑音にも耳を貸さない。求馬にとっては理想の夫婦であり、この二人がいたからこそ、今の自分がいる。宮内と並ぶほどの恩人だった。

「ほら、おはぎを拵《こしら》えてきましたよ。甘いもの、大好きでしょう?」

「ええ、それはありがとうございます。ですが」

菊於のおはぎは、確かに嬉しい。そこらの菓子職人よりずっと美味だ。しかし、今日に限っては勘弁してもらいたかった。

「おい、求馬。それよりも茶を出してくれよ。今日は方々を歩いて喉が渇いてしもうた」

鵜殿と菊於は求馬の言葉も聞かずに、式台から取次へと上がった。そして、いつもの客間へ向かおうとした時、ちょうど居室から出てきた茉名とかち合ってしまった。

茉名は若衆髷《わかしゅまげ》の男装姿であるが、こうも近いと娘だとすぐにわかる。

茉名へ、無言で頭を下げた兄夫婦の視線が、後を追ってきた求馬に向く。しかも、薄ら笑みだ。

「ほほう、これはこれは」

求馬は苦笑いを浮かべて、どう説明すべきか言い訳を考えるべく、頭が独楽《こま》のように回りだしていた。

＊＊＊

兄夫婦への言い訳は、三蔵の兄弟子の娘ということにした。娘ながら剣を志していて、修行の一環で同門の求馬と稽古《けいこ》をしている、ということにした。

「ふむ。昨日から道場で竹刀が聞こえるようになったと、近所の老婆が言っていたが、茉名殿のことであったか」

客間で求馬と茉名は、兄夫婦と向かい合っていた。

茉名も事情を察して、適当に合わせてくれている。ただ父の名前を、柳生武蔵斎《やぎゅうむさしさい》と取ってつけたものにした時は、流石に肝が潰《つぶ》れるかと思ったが、兄はそこに言及することはなく、菊於もただ「何やら強そうな名前」と笑っていた。

ただ、その場で茉名は十六歳と明かした。求馬より二歳下。隠された茉名の素性で、初めて知ったことの一つだった。

居心地の悪い、地獄のような時間だった。

菊於は、茉名の恵まれた容姿をしきりに褒めている。菊於も番町《ばんちょう》で評判の美人であり、そんな菊於にあれこれ言われて茉名も恐縮していた。

「最近はどうなのだ暮らし向きの方は。茉名殿はともかく、弟子は増えたのか？」

「それが、中々に。しかし、代稽古もしていますし」

「用心棒や畚《もっこ》担ぎなどはしておらぬだろうな？」

答えに窮した求馬は、苦笑いを浮かべる。

生真面目な鵜殿は、口入れ屋でありつく仕事に、どことなく忌避感を抱いている。それは鵜殿の人柄というより、旗本の誇りと愛情がそうさせるのだ。

「私は何度も言っているが、もう父上も母上もいないのだ。道場の看板を下ろして、芳賀家に帰って来てもいいんだぞ？　何なら、屋敷に道場を作ってもいいのだ」

そう言った鵜殿を、菊於が「あなた」と茉名を一瞥《いちべつ》して窘《たしな》めた。身内ではない者を前にして、話すべきものではないと言いたいのだろう。

「茉名さん、義弟《おとうと》をお願いしますね」

と、菊於は茉名に身体を向けると、頭を下げた。茉名も慌てて、それに従う。

「一見して頼り甲斐《がい》が無さそうで、本当に頼り甲斐はありませんが、とても優しい子なのです。それだけが取り柄の義弟を、どうかよろしく……」

その言葉を残して、二人は屋敷を辞去した。

「よいご夫婦ですね」

「ええ。俺もそう思います」

玄関先で見送った茉名が、ぽつりと告げた。求馬は、右手に握りしめた紙包みの重さを確かめつつ答えた。

それは、別れ際に菊於から渡されたものだ。それが何なのか、確かめなくてもわかる。鶫殿がそうさせているのか、菊於が密《ひそ》かにそうしているのか、本当のところはわからないが、こうして小遣いをくれるのだ。

そのことについて、忸怩《じくじ》たる想いもあるが、茉名の傍を離れられない現状ではありがたい。

「俺の誇りなんですよ」

「誇り？」

「ええ。あの二人の弟でいることが」

だから、茉名のことは相談しなかった。

兄は目付であり、公儀の中枢にいる。茉名のことを相談すれば、きっと力になってくれるはずだ。しかし、それが出来なかった。

兄と義姉には幸せであって欲しい。波風なく、穏やかで幸福に満ちた人生を、送って欲しい。だから面倒事は持ち込みたくはないのだ。

「わたくしにも、兄がいました」

求馬は、茉名を一瞥して次の言葉を待った。

「優しい兄でした。とても」

過去形で語るところに、深い事情が窺《うかが》えるが、だからこそ自分から踏み込むことはしない。踏み込んでもいけないと、求馬は思った。

3

昔から、勘は良かった。

この先の角を曲がれば、野良犬がいる。乱暴な町人の悪ガキが、たむろしている。

そんな予感は、よく当たる方だった。

元来の臆病《おくびょう》さゆえだろうとは思うが、その勘は長じて殺気や不穏な気配を察する、或《あ》るいは相手の剣先を読むという、剣にも役に立つようになった。

この夜もそうだった。

兄夫婦が訪れた夜、求馬は茉名と軽く稽古した後の道場で話し込んでいた。

相変わらず、詳しい事情は明かそうとしない。ただ、協力者の存在だけは明かした。その一人が間宮仙十郎《まみやせんじゅうろう》という武士と、津島屋《つしまや》百蔵《ももぞう》という商人。

津島屋は船荷問屋であり、大名貸しをする、世間に疎い求馬でも知っているほどの大店《おおだな》。その名前が出たことが、彼女が抱える問題の大きさ、深刻さを物語っている。

肌がひりつくような、不穏な気を感じたのは、そんな話をしている時だった。

「茉名さん」

求馬が、大宰帥経平を引き寄せて言った。

「どうやら、何者かに突き止められたようです」

そういう可能性を考えなくもなかった。しかし目撃者はいないように感じていたし、この広い江戸で辿《たど》り着くことは容易ではないと思っていた。

「しかし、どうして」

「わかりません。茉名さんが言っていた、腕のいい密偵が探り当てたのかも。それより、ここからどうするかです」

と、そこまで言って、もう遅いと求馬は悟った。

道場の戸が開き、男たちが入ってきた。七名。武士の風体で、今回は覆面で顔を隠していなかった。

「ここにおられたのですね、御姫様《おひいさま》」

奥から男が現れて言った。

筋骨逞《たくま》しい、大柄の男だった。歳は四十ぐらいだろう。眉《まゆ》も鼻も唇も、顔を構成する全てが太い。更には戦国乱世の武将さながら、立派な虎髭《とらひげ》を蓄えていて、厳《いか》つさが増している。

「あなたは、鷲塚旭伝《わしづかきょくでん》」

茉名は、懐刀を手に取っていた。敵であることは間違いない。求馬も、いつでも抜ける体勢を取った。

「ほほう、拙者のような者の名前まで覚えていただいているとは。姫の聡明《そうめい》さは聞き及んでおりましたが、まさかこれほどとは」

「当然です。あなたの手にかかって、どれだけの同志を失ったと思うのですか」

「五、いや七ですかな。まぁ、これも拙者の役目ですから、致し方ございません。それよりも、貴いお血筋のあなたが、なんという恰好《かっこう》を」

茉名は、若衆髷《わかしゅまげ》と男物の着物を纏《まと》っている。そのことを言っているのだろう。

「しかし、よりによって深妙流とは、なんともはや」

旭伝の丸く大きな目が、じろりと求馬を見据えた。

蛇に睨《にら》まれた蛙。そんな心地だった。少し前の自分なら、それだけで竦《すく》み上がっていただろう。それをなんとか持ちこたえられたのは、茉名が傍にいたからだ。

「おぬし、筧三蔵の息子だそうだな」

「だから、なんだというんですか？」

「剣鬼の小倅《こせがれ》か。父親には似ておらんな」

似ているはずはない。三蔵とは血が繋《つな》がってはいないのだ。だが、そこまで言う必要はない。

「父を知っているのですか？」

「江戸で剣鬼を知らぬ剣客は、もぐりか田舎者だ。俺は一度だけ、剣鬼の立ち合いを見たことがある。あれは二十年ほど前だったたか。神道無念流《しんとうむねんりゅう》を創始した、福井兵《ふくいへい》右衛門《えもん》との立ち合いだった。勝負は分けたが、真剣であれば三蔵が福井を斬っていたであろうな。あの時のことを思い出しただけでも、身が引き締まる」

三蔵の武勇伝は、色々と聞かされている。甲州《こうしゅう》の領民を苦しめていた盗賊の根城に一人で斬り込んだだの、公儀剣術指南役と立ち合って歯牙《しが》にもかけなかっただの、或いは宮本武蔵《みやもとむさし》の一乗寺下《いちじようじ》がり松さながら、敵対した道場の門人数十名の待ち伏せに遭ったが、全員を叩《たた》き斬っただの。ただ、こうした話は本人ではなく、周囲の人間から聞かされたものだ。

三蔵は剣に誇りを持っていたが、自らの武勇を誇って吹聴《ふいちょう》することはなかった。口数は少なく、いつも仏頂面。時折、何か思い出したように、過去の経験を聞かせてくれるぐらいだ。

「それで、神路多聞を斬ったのはおぬしか？」

「……ええ、俺が斬りました」

「そうか。神路はわしには及ばぬが、ひとかどの使い手ではあった。それを斬ったのであれば、剣鬼の子も剣鬼というわけか」

そう言って、旭伝は腰の一刀を抜き払った。

「姫を連れ戻すのがわしの役目だが、おぬしの存在は捨ててはおけん」

「どうするつもりですか？」

「知れたことよ。お前たち、手を出すなよ」

旭伝の取り巻きが、一様に頷《うなず》いた。六人は旭伝の手下なのだろう。従順に従っている。

　求馬は、茉名に「下がって」と告げた。

「でも」

「恐らく、ここは戦う以外に道は無さそうです。もし、俺に万が一のことがあれば、逃げてください」

　と、求馬が大宰帥経平をするりと抜いた時だった。

　旭伝が、猛烈な勢いで吶喊《とっかん》してきた。

　意表を突かれた。潮合を読む、ということを一切しなかった。まるで、童のように無邪気に斬り込んできたのだ。

　横薙《よこな》ぎの一閃《いっせん》。受けると、その勢いと力に体勢を崩した。そこに突き。身を翻す。間一髪だった。次に斬り上げ、躱《かわ》す余裕もなく受けたが、これも身体を吹き飛ばされた。

「弱い」

　旭伝が哄笑《こうしょう》した。そして構えもせず、片手持ちで斬撃《ざんげき》を放つ。

　起き上がりながら、何とか躱せた。斬光は迅《はや》いが、しっかりと見える。だが見えるだけだ。攻めに転ずる隙が見出《みいだ》せない。つまり、敢《あ》えて斬撃を見せている。これは誘いだ。

「弱過ぎる。本当に、神路を斃《たお》したのか?」

突きが頬を掠《かす》めた。傷は浅い。が、腹に衝撃。水月を蹴《け》り上げられていた。喉《のど》を焼くような、甘酸っぱいものがこみ上げる。前のめりになったところに、膝《ひざ》が来た。口に広がる血の味。次に腕を決められ、刀を捥《も》ぎ取られた。そして、天地の景色が逆転した。

投げられたのだ。持ち上げられ、背中を板張りに打ち付けられた。息が出来ない。口を開いても、何も入って来なかった。

「やめなさい」

喉元《のどもと》に刃《やいば》が突き付けられた時、茉名の声が聞こえた。

「もし、その者にこれ以上危害を加えるならば、わたくしは自害いたします」

茉名が懐刀を抜き払い、自らの喉元に突き付けた。

「ほう、茉名姫。この若者に惚《ほ》れましたかな?」

「外郎。下衆《げす》な物言いはおやめなさい」

茉名の一喝に、旭伝が肩を竦める。

「投降します。その者の命を保障するなら」

「勿論《もちろん》ですよ。姫がお屋敷にお戻りいただけるなら、彼には手を出さない」

「茉名さん、駄目だ」

　求馬は、身を起こして叫んだ。

「俺なんかの為に、そんなことをしちゃいけない。逃げるんだ。その為に」

「いいのです。生きている限り、まだやりようもあります。それに、あなたのお兄さまたちと約束したから」

　茉名が旭伝の方へ、歩み寄る。その旭伝は、求馬に向かって鼻を鳴らした。

「よかったな、若造。だが屈辱だろう、女に命乞《いのちご》いをされて救われるというのは。己の弱さ、無力さを思い知るがいい」

　蹴りが飛んできた。記憶は、そこで途切れた。

＊＊＊

「あなたのお兄さまたちと約束したから」

　その言葉が、茉名の声で何度も頭の中を駆け巡った。

　その約束とは、菊於が茉名に「義弟《おとうと》をお願いしますね」と頼んだことだろう。

茉名は、その約束を守った。守らなくてもいいちっぽけな頼みの為に、茉名は我が身を差し出した。

そんな優しい茉名を、俺は救えなかった。また己の無力さゆえに。

泣いていた。鼻から噴き出した血や、頬の血は止まって乾いていたが、心の血は流れ続けている。この流血を止める術《すべ》は、一つしかないとわかっている。わかっていてもなお、今の自分に何か出来るとは思えない。

(俺は、負け犬だ……)

求馬は道場の壁に背を預けたまま、明け六つの鐘を聴いた。

気が付けは、男が立っていた。縦縞《たてじま》の着流しに、博多帯を粋《いき》に決めた、遊び人風の男。気配は感じなかった。敵意も殺気も感じない。ただその男が、目の前にいた。

「筧求馬様でございやすね？」

軽く視線を上げた。

「酷《ひど》い顔じゃございやせんか。手痛くやられたようで」

男は求馬の腫《は》れた顔を見て、くすりと微笑んだ。

笑ってはいるが、眼だけは笑っていない。歳は二十代半ばぐらい、痩《や》せていて蜥蜴《とかげ》のような冷たく鋭い顔をしている。

茉名を追ってきた敵なのか。味方なのか。判別がつかないが、少なくとも堅気《カタギ》ではなさそうだ。

「おっと、敵じゃあございやせんぜ。あっしは、音若《おとわか》という、ちんけな密偵でしてね。茉名様とあなた様のお味方でございやす」

「茉名さんの……。でも、茉名さんは」

するとと音若は頷き、濡《ぬ》れた手拭《てぬぐ》いを差し出した。

「全て存じておりやす。茉名様の行方と、敵の動きを探っておりやしたら、この道場に辿《たど》り着きやした。と言っても、もたついていたせいで、探り当てたときにゃ攫《さら》われたあとでございやすけどね」

「遅いですよ。あなたが遅いせいで、茉名さんは。いや、違う。俺が守れなかっただけだ……」

「悔しいですかい？」

「当たり前ですよ、そんなこと」

「我が主《あるじ》は、雉子ノ宮で茉名様を救った青年剣士を、是非とも仲間に引き入れたいと仰《おつしや》っておられます。もし筧様が茉名様をお救いしたいと思うなら、その顔を拭《ふ》いてご同道を」

負け犬の俺に何が出来る。茉名を守れなかった。あの旭伝という男の前に、刀を振るうことも、颯《さつ》の太刀を使うことも出来なかった。そんな俺に、茉名を救えるのか？

（いや、出来るか出来ないかなど、どうでもいい）

やらなければならないのだ。でなければ、俺は負け犬のまま。

求馬は差し出されていた手拭いを、乱暴に受け取った。

「やります。俺を連れて行ってください」

「命を落とすやもしれやせんよ。あっしは上からの命だからお誘いしやしたが、もし嫌なのなら、無理に同道することもございやせん」

「俺は四人も斬っているんです」

「いいんですかい？」

音若の蜥蜴のような眼が、こちらを測っている。求馬は、揺るぎない決心を持って頷《うなず》いた。

「邪魔するぞ」

求馬が立ち上がったのを見計らったように、男が一人道場に入ってきた。

背の高い、鼻筋が通った男だった。総髪で、着流し。浪人だろうが、これまで相手にしてきた連中とは違い、不潔さというべきか、荒《すさ》んだ気配はない。

　ただ、だからとて好ましいとは思わない。何か品定めをするように、道場内を見渡していて、求馬の名前しかない名札を見て口笛を鳴らした。

「首尾はどうだ？」

「ご同道してくださいます」

　そこで浪人は、初めて求馬に顔を向けた。

　歳は三十になるかどうか。放つ気配に荒々しさを感じない、江戸の優男という雰囲気があるが、立ち振る舞いに隙は見当たらない。それがこの男を、余計に嫌な感じにさせる。

「負け犬に利用価値があるとは思えんが」

「また、そんなことを。あの御方の命でございやすよ」

　そう窘《たしな》めた音若を無視して、求馬は「あなたは誰なんです？」と訊《き》いた。

「俺は楡沼三之丞《にれぬまさんのじょう》。金持ちの御曹司に尻尾《しっぽ》を振る、ただの素浪人だ」

＊　＊　＊

求馬は音若と、そして気に喰《く》わない楡沼と共に、向島《むこうじま》へと渡った。

先導するのは音若で、楡沼は求馬の後ろをついて歩いている。特に何か話し掛けるようすもなく、もっぱら話しているのは音若だけだ。

「この辺りはご存じですかい？」

音若から訊かれたので、求馬は首を振った。

江戸に住んでいながら、この辺はあまり訪れたことはない。三蔵に連れられ方々を歩いたが、この辺りに来た覚えはない。

「まぁこの辺りは、風流な文人墨客《ぶんじんぼっかく》や遊び慣れた者《もん》が来るような場所でございやすからねぇ。お若い筧様にはご縁が無いってぇのも無理からぬことで」

そう言いつつ、音若が案内したのは、小村井《おむらい》村の外れにある、商人の寮だった。

広大な敷地の大半は森で、寮の母屋はその中にあるという。その森の途中途中には、畠《はたけ》があったり、工房のような小屋、或《ある》いは百姓家だったりと、さながら小さな村のようになっている。

「ここは、津島屋百蔵さんの寮でございましてね」

その森の小径《こみち》を歩きつつ、音若が言った。ここまで、どこに行くのかと尋ねても、「着くまでは教えられない」の一点張りだったのだ。

「そういえば、茉名さんが仰ってました。津島屋は協力者の一人だと」

「左様でございますか。茉名様はそう仰っておられましたか」

意味深な言い様に、「違うんですか?」と求馬は言葉を重ねた。

「違わないさ」

答えたのは、後ろを歩いている楡沼だった。そして、歩みを止めた求馬に並んだ。

寮の母屋は目の前だった。お大尽の別邸には相応《ふさわ》しい、大層な造りである。

「味方だよ。それも、心強いな。ただ、打算はある。見返りありの味方ってことだな」

「真心から、茉名さんを救いたいというわけではないんですか」

「当たり前だ。津島屋だけじゃない。音若もそうだし、寮でお前を待っている御方もそうだ。俺も見返りがあるから、協力している。まぁ津島屋に比べれば、ささやかなものではあるが、そうでもなければ、こんな切った張ったに関わることはない」

「それほどのことを、茉名さんは抱えているんですか。……俺は事情を何も知りません。茉名さんは何一つ教えてくれませんでしたから」

「それは、優しさだな。いじらしくて涙が出る。いいか、小僧。御姫様《おひいさま》が、身を投じている問題は、お前には想像すらつかぬ、いや俺でさえ躊躇《ちゅうちょ》するような、複雑で混沌《こんとん》としたものなのだ。長い歴史の中で、蓄積した憎悪。確執とも言うべきか。当然そこには、敵にも味方にも色々な打算や見返り、利権が絡み合ってくる。お前はその渦に、飛び込む覚悟はあるかね？」

「覚悟とか、そんな重い言葉を、軽々に口にしたくはない。だけど、俺は茉名さんを救いたい。それに負け犬のままでいたくはない。それだけなんです」

そう言った求馬の顔を、楡沼の大きな目が覗《のぞ》き込んだ。

「それが、覚悟というものだ」

楡沼が一笑して、求馬を置いて歩き出した。母屋の玄関先が騒がしくなる。その後を、求馬は音若と共に追った。

＊＊＊

通された客間で待っていたのは、商人ではなく武士だった。

津島屋の寮と聞いたので、これから会うべき人間は、てっきり百蔵と思っていた。しかし客間で待っていたのは、色白で一見して温和そうな男だった。

月代《さかやき》を綺麗《きれい》に剃《そ》り上げ、地味だが上等な着物を羽織っている。貴公子然とした、見るからに気品が漂う男だった。

その男は、客間から望める広い庭を眺めていて、求馬の姿を認めると、軽く微笑んだ。

「やぁ、よく来てくれた」

その外見に見合った、穏やかな声色だった。そして、男は自分の対面に座るように促した。案内してくれた音若と楡沼は、いつの間にか消えている。

「突然呼び立てて、さぞかし訝《いぶか》しんだことだろう。それは、申し訳ないと謝っておこう」

「いえ、それはいいんです。でも、あなたは？」

「名乗りがまだだったね。私は、田沼意知《たぬまおきとも》という」

田沼。その名字で、求馬は「えっ」と止まった。

「田沼って」

「そう、恐らく君が想像している通り。その田沼だ」

求馬は慌てて平伏した。今、目の前にいるのが、幕政を牽引《けんいん》する、相良侯田沼意次《さがらこうたぬまおきつぐ》の嫡子なのだと理解したのだ。

何故？　と考える頭も止まるほどの、衝撃だった。

「おいおい。そう硬くなる必要はない。私は味方だよ」

求馬は面を上げた。意知は、笑顔のままだった。

「私は父の意を受け、茉名殿を救い出す為に動いている」

「俺は……いや、私も茉名さんを救いたいと思っております」

「ほら、硬くなる必要はないと言ったろう？　私に遠慮は無用だよ。私も君には遠慮なしで、求馬と呼ぼう」

「そう仰《おつしや》るのなら……」

求馬は、改めて意知を見据えた。

「深妙流、筧求馬。まさか、芳賀家の生まれだとは思わなかったな」

「調べたんですか、俺のことを」

「勿論《もちろん》だ。敵か味方かもわからないのに、ここへ呼ぶことなど出来ないだろう。君のご尊父が、かの筧三蔵ということも。それには驚いたがな」

「父をご存じなのですか？」

「直接の面識は無いが、私の父は剣術も好きで、多くの剣客の後ろ盾となっていた。そこで剣鬼の話題は、父に何度か聞かされたことがある。『生まれた時代を間違えた、まさに慶長元和《けいちょうげんな》の武辺者《ぶへんもの》』だとね」

その評に、求馬は内心で頷《うなず》いた。

確かに三蔵は、武辺者という言葉がぴったりの男だった。剣術、或いは強くなること以外に興味はなく、剣術に付随する精神論、剣禅といった類《たぐい》には興味を示さなかった。

「その話を聞いていたからだろうな。君を見て、想像と違った」

「俺は養子なのです。似てなくて当然です」

「血の繋《つな》がりが無くとも、共に暮らせば似てくるものだよ。現に、君の剣がそうではないか。報告では、父親譲りのものを使うらしいね」

「それは買い被《かぶ》り過ぎです。俺は茉名さんを奪われたんですよ」

「それは、相手が相手だからな。鷲塚旭伝と言えば、鬼眼流《きがんりゅう》の豪傑。君のお父上と同様、生まれてきた時代を誤った類の男だ」

意知が味方であるのは、雰囲気でわかる。茉名が味方と言っていた、津島屋の屋敷にいるということも大きい。しかし、それを本当に信じてもいいものか。

「それで、意知様はどうして俺を呼んだのですか？　音若さんは、茉名さんを救いたいのならついて来いと言っておりましたが」

「無論、茉名殿を救い出す為だ。茉名殿が今、どこにいるのか、どんな状態でいるのか、実は全て摑《つか》んでいる。ああ、安心していい。彼女は無事だ」
安否を知ろうと、声を上げかかった求馬は、それを聞いて居住まいを正した。
「だが救い出すのは、どうも実力行使となりそうでな。そこで凄腕《すごうで》を探していると
ころだが、やはり一番求める人材は、茉名殿の為に戦える男だ。何が何でも、茉名
殿を救い出したいと、強く想っている者が欲しい」
「それで俺ですか？」
意知は、一つ頷いた。
「そうだ。さりとて、剣の腕前も重要だ。君が剣鬼の息子で、既に四人を斬ってい
ることは知っているが、この両の眼《まなこ》で力量を確かめたい。君を同志に加えるかは、
それ次第だよ」
「つまり、腕試しをしろということですね」
「そういうことだ」

＊＊＊

腕試しは、客間を出てすぐの広い庭園で行われることとなった。

相手は二人。勝ち負けも重要だが、戦い振りも見ると、意知は言っていた。

求馬は用意してもらった襷《たすき》で袖《そで》を絞ると、庭に出て控えていた音若から竹刀を受け取った。勿論、防具の類は一切無い。それは承知の上だ。

「最初の相手は、この者だ」

濡《ぬ》れ縁に座した意知は、若い武士を紹介した。

若いと言っても、求馬よりは幾つか上である。浪人には見えず、恰好《かっこう》や雰囲気から察するに、主持《しゅうも》ちであろう。意知に似た爽やかさがあるが、些《いささ》か勝ち気な印象がある。

その男が、間宮仙十郎と名乗った。茉名が言っていた、味方の一人である。

「あなたが、間宮殿ですか。茉名さんからお名前は伺っておりました」

「貴様、茉名『さん』だと？　姫に対して何という口を」

「俺にとっては、茉名さんです。姫と呼ぶ人もいますが、俺には関係ありませんよ」

「小癪《こしゃく》な。私が勝ったら、その無礼な口を改めてもらうぞ」

意知を前にして、求馬は向かい合った。審判はいない。強いて言えば、意知がその役なのだろう。

竹刀を手に向かい合った。仙十郎は気勢を上げ、正眼に構える。求馬は無言で、やや下段気味に構えた。

容赦はしない、と決めていた。ここで勝たなければ、茉名を救い出す同志にはなれない。意知を頭から信じられないが、それでも共にいれば、何か見えてくるものがあるはず。

その仙十郎が、大きく踏み込んできた。果敢な攻めだった。剣の覚えもあるのだろうし、中々のものは感じる。だが、その動きは愚直過ぎた。

求馬は向かってくる竹刀を軽くいなすと、横へ回りつつ小手を軽く打ち、二撃目はその竹刀を斬り上げ、喉元《のどもと》の寸前で止めた。「そこまで」という、意知の声がした。

仙十郎が唖然《あぜん》としていた。求馬は身を引いて、軽く頭を下げた。

「凄いな、想像以上だ」

濡れ縁の意知はそう言うと、気を取り直して「次」と声を掛けた。

現れたのは、なんと楡沼だった。着流し姿ではなく、単衣《ひとえ》と袴《はかま》に着替えている。

「相手は、楡沼だ。無外流の凄腕だぞ」

意知が求馬に向かって言うと、楡沼が笑った。

「間宮仙十郎を寄せつけぬ腕前、楽しみだ」

ほぼ同時に踵《きびす》を返すと、僅《わず》かな間隔を空けて相対した。今回は相正眼となった。裂帛《れっぱく》の気合と共に、楡沼が打ち込んできた。小手からの面。そこから、もう一つ面を打つと見せかけての小手。そして逆胴。更に小手。

目にも止まらぬ連撃。そして変幻自在な竹刀捌《さば》きであるが、求馬はそれらを竹刀で弾《はじ》き、右に左にいなすことで防ぎ、後方に跳び退くことで、間合いを切った。

「それでも筧三蔵殿の息子か。攻めてこい」

「俺には俺の剣があるんですよ」

「ならば、このまま押し切るのみ」

闘気を漲《みなぎ》らせた楡沼の出端《ではな》を挫《くじ》くように、求馬が無言で打ち込んだ。これには、楡沼も驚いたようで、慌てて求馬の竹刀を払った。

求馬は更に、一つ二つ、更に三つと打ち込んでいく。ただ、些か大振りとなると見るや、楡沼の竹刀が伸びてくる。

(この男、只者《ただもの》じゃない)

形勢が逆転し、再び求馬は徐々に受けに回った。じわじわ追い込まれたが、池の傍の巨石を踏み台に、跳躍して楡沼の背後に回った。着地と同時に面を打つ。それも楡沼に防がれた。何をやっても、通じないように感じる。

一瞬だけ颯《さっ》の太刀が頭を過《よぎ》ったが、あれは、心気を整える必要があって、おいそれと出来るものではない。それに、秘奥に頼らずに勝つ道を身につける必要がある。

再び向かい合い、膠着《こうちゃく》が見て取れたところで、意知が試合を止めた。

「単なる負け犬じゃないな」

楡沼が、白い歯を覗《のぞ》かせて言った。

「じゃ、何なんです？」

「多少は腕の立つ、負け犬だな」

「結局負け犬じゃないですか」

「お前は大した天稟《てんぴん》だよ。剣鬼と呼ばれたお父上に恥じないぐらいではある。だが気弱さが、成長に蓋《ふた》をしているような気もする。お前の剣は待ちの剣。自信を持った待ちならいいが、お前の剣には怯《おび》えがある」

「怖いんですよ。昔から臆病《おくびょう》なので」

「臆病さは、剣客にとって利点にも弱点にもなり得る。恐怖を飼いならすしかないな、自分の力で」

そこまで言うと、楡沼は片手を挙げて去っていった。

「悪い男ではないのだ、あいつは」

意知が言った。それは剣を合わせてみて、何となくわかった。

4

「茉名殿は、常州蓮台寺藩《じょうしゅうれんだいじ》一万二千石の姫なのだ」

求馬を客間に招き入れると、意知は改めて同志に加えると告げたのち、茉名の身の上を語りだした。

「君は耳にしたことがあるかわからぬが、藤原北家秀郷流《ふじわらほっけひでさとりゅう》の流れを汲《く》む、武家の名門少弐《しょうに》家の者で、前藩主の少弐資軌《すけのり》は兄であり、今の藩主である資清《すけきよ》は弟にあたる」

「やはり、茉名さんは姫だったのですか」

「予感はあったのかね？」

その問いに、求馬は頷《うなず》いた。茉名が持つ威厳、教養、振舞い。それを考えると、否《いや》が応でもその選択肢しかなかった。

「それでも、君にとっては『茉名さん』か。それもいいだろう。しかし、彼女は厳しい立場にいる」

蓮台寺藩は長らく執行外記《しぎょうげき》という首席家老が、一派を率いて政事《まつりごと》をほしいままにしていた。

自らの都合で藩政は動かされ、その下で働く役人は利権と賄賂《わいろ》で腐敗し、顧みられることのない領民は、塗炭の苦しみの中にあった。

そんな状況下で藩主の座を引き継いだ資軌は、家督相続当初こそ外記に従っていたが、三年経ったのち御前会議の場で外記の秕政《ひせい》を痛罵《つうば》。そして外記の免職と蟄居《ちっきょ》を計画、親政によって藩政の刷新に乗り出そうとした。しかし、それが実行される直前、資軌は遠乗りの途中で数人の浪人に襲われ、命を落としてしまった。これは外記による仕業という話もあるが、下手人とされた浪人は捕縛され、「物盗《ものと》り目的だった」と自白して斬首《ざんしゅ》された為、真相は闇の中だという。

そして現在は、茉名の弟である資清が立てられ、七歳の幼冲《ようちゅう》をいいことに、外記の傀儡《かいらい》となっている。

面会する者は執行派に吟味され、気ままに遊ぶこともままならない。江戸藩邸にて軟禁されたかのような生活で、茉名でさえ自由に会うことを許されていない。

「茉名さんは、そうした現状を変えようとしているのですか？」

「その通りではあるが、改革の旗頭に祀《まつ》り上げられた、とも言える。蓮台寺藩内にも執行一派の跳梁《ちょうりょう》を許していては御家が危ういと、危機感を募らせた若手藩士たちがいた。彼らは秘密裏に集結し、就義党《しゅうぎとう》なる一派を結成した。君が立ち合った、間宮仙十郎がその首魁《しゅかい》だ。だが就義党の力は、執行派に比べればあまりにも小さい。そこで、間宮たちは脱藩し、執行派の秕政を茉名殿に訴える手に出た」

「どうして、茉名さんに？　いくら姫様だとて、旗頭には」

するると、意知は一度大きく息を吐き、「それが、なるのだ」と言葉を遮った。

「茉名殿は、第八代将軍・徳川吉宗《とくがわよしむね》公の孫であられるのだよ」

「そんな、茉名さんが」

茉名が大名家の息女であることは予測していたが、まさか将軍家の血を引くとは思いもしなかった。

「茉名殿のお母君が、吉宗公のご落胤《らくいん》でな。吉宗公の覇気を引き継いだかのようなご気性と威厳は、吉宗公を知る古老たちに愛され、公儀からも厚く遇されている」

「だから、就義党は茉名さんを頼ったのですか？」

「改革の旗頭としては十分であろう。しかし『茉名殿なら……』という、彼女に受け継がれた覇気や威厳への期待の方が大きかったと思う。事実として茉名殿は、執行一派を糾弾すべく、自身で蓮台寺へ乗り込むつもりだったらしい。だが、その前に外記が動いた。茉名殿の計画を察知し、その身柄の確保に動いた。茉名殿は就義党の協力で逃げ、君と出会った」

「公儀は、どうして動かないのですか？　この件は、ご老中《ろうじゅう》も知っているんですよね。なら、公儀が介入すれば」

「蓮台寺藩は、改易されるだろうな。大名と家臣の対立。暗殺の疑惑。姫の拉致《らち》。表沙汰《おもてざた》になれば、裁かざるを得ないのだ。名門であり徳川宗家に近い少弐家を潰《つぶ》す事態にならぬよう、父は秘密裏に動くようにと、私に任せてくださったのだ。公儀や田沼家が動けば否が応でも目を引く」

理屈は通る話だと、求馬は納得した。

「事情は大体わかりました。茉名さんがしたいことも。しかし、意知様はどうして茉名さんを助けるのです？」

そう訊《き》くと、意知は「気になるかね？」と答えたので、求馬は頷いた。

「いくら意知様が茉名さんの味方であっても、良からぬ思惑がないとも限りません」

「用心深いな。それも、茉名殿を案じるがゆえか」

意知は独り言ちる《ご》ように呟《つぶや》くと、言葉を重ねた。

「死んだ資軌は、私の弟のような男だった。大名世子は、意外と横の繫《つな》がりが深い。中でも資軌とは気が合ったのだ。だから私は、彼の志を引き継ごうとする茉名殿を助けてやりたい」

　意知は嘘はついていない、ということはわかった。しかし、天下の田沼意次の息子が、人助けだけで動くとは、俄《にわ》かに信じられない。

「というのは本心であるが、勿論《もちろん》それだけでは済まされない事情もある」

「そうでしょうね。楡沼さんが言っていましたよ。誰もが打算や見返りがあって、茉名さんに協力していると」

　意知が「あいつめ」と一笑した。

「楡沼は、私の親友なのだ。大名世子と素浪人と釣り合わぬ仲だが、どうにも馬が合う」

「それでどうなんですか？」

「茉名殿をお助けすることは、父の命でもある。少弐家と田沼家は縁戚《えんせき》。ここで少弐家が潰れてしまっては、父の派閥としても苦しくなる」

「政事なんですね、結局」

「君には薄汚く見えるだろうが、見返りで動くことは一概に悪とは言えない。音若は私が雇った密偵で、高い報酬という見返りの為に働いている。楡沼は働き次第では、仕官の口を世話するという見返りがある。そして津島屋は、利根川《とねがわ》から支流の潤野川《うるのがわ》を経て城下に流れ込む、河川舟運に絡みたいからだ。無論、君にも何かしら見返りがあるはずだ。それが報酬なのか仕官なのか、或《ある》いは心という目に見えないものなのか、敢《あ》えて問いはしないがね」

そこまで言って、意知は茶に手を伸ばした。

「茉名殿は、蓮台寺藩下屋敷に幽閉されている。これは音若や、内通者の報告で確認されているので、間違いはないだろう。そこで楡沼と音若それに就義党の面々が、今夜下屋敷へ侵入してお身柄を奪還する。君もその計画に加わって欲しい」

意知の真っ直ぐな眼が、求馬に向けられた。「当然、やるだろうな」と言いたげな表情でもある。

茉名を救う。その為に、この寮へとやってきた。負け犬のままでは、終われない。茉名を奪われた責任もある。

だが敵には、鷲塚旭伝がいる。あの虎髭《とらひげ》の男に、自分は手も足も出せなかった。颯《さつ》の太刀どころか、風待ちの構えすら取れず、やられるがままだった。

また、いつもの臆病《おくびょう》心が騒ぎ始めていた。いつもそうだ。困難を前にして、逃げたくなる。茉名を奪われたというのに。だが、変わると決めた。死ぬよりも、負け犬のままである方が怖い。

「やります」

求馬の言葉に、意知は頷《うなず》いた。

「よかった。仮に君が断ったら、芳賀家をどうにかして、脅そうとも考えていたのだ」

「意外と卑怯《ひきょう》なのですね」

「そうだな。加わる決断をしてくれたお陰で、私は卑怯者にならずに済んだ。しかし言うなぁ、君は」

「すみません」

「構わんよ。むしろ、そのままの君でいい。大名世子にそんな口を利く者は少ない。私には楡沼がいるから慣れているが、茉名殿はさぞ新鮮な気持ちだったのだろう」

それから意知は、楡沼と音若、そして仙十郎を客間に呼んだ。

仙十郎を見たとき、どうして茉名を巻き込んだのか？　と、問い詰めてやりたかった。仙十郎が茉名を旗頭にしなければ、こうした苦労をしなくて済んだのだ。だが、そんなことを言えば、今夜の一計に支障が出るだろう。ゆえに求馬はぐっと堪《こら》え、黙礼だけを返した。

意知は全員に、奪還の手筈《てはず》を伝えた。作戦は単純だった。楡沼と仙十郎が藩邸内で付け火をし、更に敵をおびき寄せ、その隙に求馬と音若が茉名を救い出すというものである。

「火遁《かとん》の術でございやすね」

話を聞いていた音若が言った。それに意知は一笑した。

「そうだ。読本に書いてあったのだ。火を用いて、敵の注意を逸《そ》らすと。ただ、付け火は小火《ぼや》程度でいいぞ。江戸を焼いては、元も子もない」

それには、全員が頷いた。

「少数精鋭は仕方がないとして、四人というのは」

作戦の全容を聞き、仙十郎が腕を組んで唸《うな》った。

(間宮さんの言う通りだ)

蓮台寺藩の下屋敷は亀戸《かめいど》にあり、一万二千石の小藩だけあって、敷地の割に詰めている人数も少ない。と言えども、こちらは四人。そこに不安が無いわけでもない。

仙十郎は更に「就義党から数名加えた方がいいのでは?」と提案したが、意知はそれを断った。人数が多いと目立ち、それはかえって蓮台寺藩の為にはならない。茉名の奪還は、厳しい戦いを強いられても、秘密裏に終える必要があるというのが理由だった。

他にも厄介な存在がいる。それが、鷲塚旭伝だ。一騎当千の豪傑で、「この男が現れたら、寄ってたかって膾《なます》切りにするか、逃げるしかない。とにかく、奴とは戦わないことだ」と、楡沼が笑いながら語った。

求馬もそう思った。今はまず、茉名を救出することが第一。旭伝にこだわる余裕は無い。

「茉名様を頼むぞ」

散会すると、仙十郎から肩を叩《たた》かれた。

これから、暫《しば》くは控えの間で休むようにと、言われたところだった。

「本当は、貴様の役目は俺がするはずだったが、手痛く敗れた手前、そうは言えん。癪《しゃく》に障るが、お前の力量に期待する」

「わかりました。茉名さんは任せてください」

「お前はまた、我が姫に対してそのような口を」

「改めさせたいなら、また手合わせしましょう。間宮さんが勝てば、茉名様と呼びますよ」

そう嘯《うそぶ》いた求馬の背中を、仙十郎は「こいつめ、俺まで『さん』かよ」と小突いた。それから幾つかの冗談を交わしたのち、お互いの健闘を祈った。

仙十郎に対しては、最初はいけ好かない印象があり、茉名を政争に巻き込んだと聞いて、許せないと思った。しかし話をしてみると、そう悪い男のようには思えない。茉名を巻き込んだのも、御家と領民を思えばこそであろう。

楡沼もそうだ。人の評価というものは、他人の伝聞や見てくれ、最初の印象で決めるものではなく、ちゃんと向き合って自分の心で下すべきものだと、求馬は一つ学んだ。

＊　＊　＊

陽が暮れて、求馬たちは亀戸の蓮台寺藩下屋敷に面した、旗本寄合・酒巻主水正《さかまきもんどのしょう》の屋敷にいた。

奥まったところにある一間。塀を越えれば、小路を一本挟んで下屋敷がある。しかも、その小路は裏通りで人が通ることは少ないので、侵入するには好都合だった。

「しかし、津島屋という商人は食えんな」

仰臥《ぎょうが》していた楡沼が、おもむろに口を開いた。全員がいつでも動けるよう、忍びのような黒装束を着込んでいる。

「どんな人なんですか？」

求馬は、出された茶を飲みながら訊《き》いた。津島屋の寮を訪ねながら、求馬は百蔵に会うことはなかった。河川舟運の利権欲しさで協力しているというので、きっと強欲なのだろうとは、何となく思っている。

「したたかな男だな。虫も殺せぬような顔をしているが、抜け目がない。それぐらいでないと、競争が激しい江戸で商いを続けられないのだろう。まっ今回は、津島屋の一計によって助かっているわけだから、ここは素直に感謝すべきだな」

津島屋の一計とは、百蔵に多額の借金をしている主水正に、滞納している一部の返済を免除する代わりに、「何も訊かずに協力しろ」と持ち掛けたことだった。勿《もち》論《ろん》、主水正はその提案に飛びついた。蓮台寺藩にはお隣以上の義理は無いし、それよりも返済を免除してくれる方が得になる。むしろ、主水正は人員も出すから、全てを棒引きにしろとまで言い出したらしい。流石に、それは百蔵は断っている。

暮れ六つの鐘が鳴った頃、外に出ていた音若が戻ってきた。手には簡単な、屋敷の見取り図。何度か訪問したことがあるという主水正が、記憶を辿《たど》って描かせたものらしい。

その見取り図を広げ、全員で侵入路や茉名が囚《とら》われていると思《おぼ》しき場所を確認した。それは庭の外れにある、茶室造りの離れ。そこで茉名が幽閉されていることは確かだが、鷺塚旭伝がいるのかどうかだけは、音若でも摑《つか》めなかったらしい。

それから主水正が用意した蕎麦《そば》で腹拵《はらごしら》えをして、すっかり辺りが暗くなった頃合いで、楡沼が合図を出した。

立ち上がり、全員の顔を見て頷く。そして、求馬に向かって言った。

「お前は、自分の不甲斐《ふがい》なさで、茉名様を奪われたのだ。ならば自らの手で、取り戻してこい。誇りと共にな」

＊　＊　＊

最初に塀に駆け上ったのは、音若だった。

その身のこなしは、まるで猿のようで密偵というより、忍びというのが相応《ふさわ》しい気がする。

そして、塀の上から縄梯子《なわばしご》を下ろすと、それをよじ登って三人はまんまと侵入することが出来た。

まずは生垣に身を潜める。下屋敷内は、静かだった。だが茉名が囚われている離れからは、やや距離がある。

「始めるぞ」

楡沼が合図を出して、仙十郎と共に駆け去っていく。求馬たちが離れに向からの は、騒ぎが起きてからだ。

生垣の中で、息を殺した。鼓動が聞こえる。恐怖も無いわけではないが、血が滾《たぎ》るような心地がする。自分の手で、茉名と誇りを取り戻す。その為には、この計画を成し遂げるしかない。

暫くして、右手の方向から、ぽっと火の手が上がるのが見えた。火を放ったのは雨戸であり、それを激しく見せる為に煙玉も用意していた。

歩哨《ほしょう》が火事だ、と叫んでいる。ぞろぞろと、藩士たちが飛び出し、「火事だ」という声が「曲者《くせもの》だ」と変わった時、求馬と音若は飛び出していた。

邸内の地図は頭に入っている。闇夜であるが、夜目は利く方だ。大丈夫だ、問題ない。と、念じながら求馬は走った。

離れが見えてきた。その周囲には、見張り役が四人。求馬の存在を認めたのか、慌てて刀を抜く。

だがその慌て振りに、相手の力量を察した求馬は、大宰帥経平を抜くと刀背《みね》を、くるりと返した。

「曲者め」

斬風《ざんぷう》を感じたが、やはり腰が引けていた。これまで立ち合った男たちと、明らかに違う。殺しに慣れてもいなければ、その覚悟もない。恐らく彼らは、嫌々ながら外記に付き従っているのだろう。

求馬は見張りの刃《やいば》を躱《かわ》しつつ、刀を何度か閃《ひらめ》かせ、肩や肋《あばら》、足を打った。すると母屋の方から、加勢が向かってきている。

「求馬様は離れへ」

音若が叫んだ。そして右手に小太刀、左手に苦無《くない》を持って、新手の中に躍り込んでいく。

離れの死角に、もう一人潜んでいた。駆けてくる求馬を待ち構えている。殺気は十分だった。この男は他とは違うと確信した求馬は、八相に構え直した。

気勢を上げ、交錯した。確かな手応《てごた》えがあった。そして、嫌な感触。仕方がなかった。相手もそのつもりだったのだ。

噴き上がる血飛沫《ちしぶき》をそのままに、求馬は離れの濡《ぬ》れ縁に飛び乗り雨戸を蹴破《けやぶ》った。

板張りの小さな一間。一畳分の畳の上に、茉名が座していた。

「茉名さん」

叫んでいた。目が合う。茉名の大きく、そして少し吊《つ》り上がった、気の強さが滲《にじ》み出た瞳《ひとみ》。

「助けに来てくださると、信じておりました」

求馬は茉名の手を掴んだ。そして手を繋《つな》いだまま、離れを飛び出した。

駆けた。茉名も必死だった。音若はまだ闘争の中にいるが、まずは茉名を逃がすことが第一と決めていた。

逃げ道となる塀のところで、仙十郎が待っていた。

「楡沼さんは？」

「鷲塚だ。あいつがいて、今は立ち合っている」

それを聞いた求馬は、茉名の身体を仙十郎へ押しやった。

「茉名さんを頼みます。俺は楡沼さんの加勢に」

でなければ、楡沼が死んでしまう。そこまでは言わなかった。

「求馬、お前」

「やっぱり、茉名さんは間宮さんに任せます。俺は俺のやるべきことをしてきます」

求馬は、茉名を一瞥《いちべつ》した。

「すぐに戻ります。大丈夫、死にませんよ」

「必ずですよ。嘘を吐いたら、わたくしは許しませんから」

茉名の声を背に、求馬は踵《きびす》を返して再び母屋の方へ走りだした。

楡沼は、旭伝と向かい合っていた。その周りを、旭伝の手下たちが取り囲んでいる。

求馬は咆哮《ほうこう》し、跳躍した。着地と同時に、刀を二度三度振るった。血が舞う。遮る敵を斬り倒し、二人で旭伝と向かい合った。

「ほう、誰かと思えば。女ひとりも守れぬ、剣鬼の小倅《こせがれ》か」

旭伝が嘲笑《ちょうしょう》したが、求馬はそれを無視し「大丈夫ですか？」と楡沼に訊《き》いた。

「こいつはやばいと間宮を逃がしたが、俺が下手を踏んでしまった。だが、お前なら来てくれると信じていたよ」

「また調子のいいことを。それで、どうします？」

「手筈《てはず》通り、三十六計なんとやら、だ」

求馬は母屋の屋根に目をやり、「今だ」と叫んだ。

そこに潜んでいたのは、音若だった。ありったけの煙玉と爆竹、そして手裏剣を浴びせる。その隙に、求馬は楡沼と逃げ去っていた。

5

求馬が楡沼と音若と共に、津島屋の寮に戻ったのは、払暁《ふつぎょう》間際のことだった。

追撃を振り切って戻ると、仙十郎と茉名もいて、そして意知も出迎えてくれた。

誰一人として欠けず、そして傷一つ負わないという、奇跡的な戦果だった。そして一夜が明けた。

疲れからか、昼過ぎに目を覚ました求馬は、意知に呼び出された。場所は、広大な庭の一角にある四阿《あずまや》だ。そこには長椅子があって、お互い向かい合って腰掛けた。

「君の奮戦は楡沼に聞いた。茉名殿を救い出してくれただけでなく、友の命をも救ってくれた。心から感謝するよ」

「俺だって、皆さんに救われたんです。礼を言われる筋合いはありません」

「ふむ。やはり、見込んだ通りだ」

意知は軽く微笑んで、視線を四阿《あずまや》から見える紅葉に移した。燃えるような色をつけている。

「君を改めて呼んだのは、これからのことだ」

「これから、ですか……」

「無事に茉名殿は救い出せた。次の舞台は、蓮台寺ということになる。そこで、君はどうする？　という話だ」

紅葉に飽きたのか、意知は再び求馬に目を向けた。

「このまま町道場の主《あるじ》に戻るのもいい。君が望むなら、門人を増やす口利きもしょう。仕官の口でもいい。……まぁ君はそんな選択はしないとはわかっているが、一応は訊いておこうと思ってな」

「俺は茉名さんの供として、蓮台寺を目指します」

求馬はきっぱりと言い切った。

「茉名さんが望んでいなくても、俺は供をします。そして蓮台寺へ送り届けます」

「茉名殿は、望んでいるよ、それを。だが、彼女は優しいから言い出せないだけだ」

茉名の性格を考えれば、おそらくそうだろうとは思う。何かと厳しいことを言って、突き放そうともするだろう。だが俺は、外記を倒すまでは茉名の傍を離れないと決めた。

「君に〈公儀御用役〉という、身分を与えよう。この身分があれば、天領は勿論《もちろん》、公家《くげ》領・大名領・旗本領・寺社領にかかわらず、どこでも立ち入ることが出来る。

何かと融通は利く役目だ」

思わぬ一言だった。まさか、公儀の役目を得るという流れになるとは思いもしなかった。

「幕臣という立場になるが、裏の役目ゆえ表向きは浪人のままだ。しかし報酬は出るぞ」

「具体的に、どういう役目なんですか？」

「これは父が作ったものでな。老中の命令で、何でもする役目だ。老中と言っても、今は私が間に入っていて、数名が既に働いている」

「つまり公儀の便利屋ですか」

「有り体に言えばそうだが、私はこう思っている。弱き者、民百姓の為に働く役目であると。武士が持つ、本来の義務を果たす職務だ。言わば世直しだな」

「世直しは俺だって望むところです。しかし意知様のお父上は……」

と、そこまで言って、求馬は自分が言ったことの無礼さに気付いた。必死に言い繕おうとしたが、意知は苦笑して手を振った。

「構わんよ。残念ながら、父の悪評は言われ慣れている。だが君が引き受けると、役目の費用や報酬の一切は全て、父に贈られる付け届けで賄われる。つまり、父に賄賂《わいろ》を贈る悪党の銭で、悪党を討つのだ。世の腐敗を正し、もう二度と民を泣かさぬ為に。これほど面白い趣向はないと思うぞ」

確かにそうだと、求馬は思った。悪党からの賄賂で、悪党と戦うなど洒落が利いている。それに、民の為に戦うこと、世の腐敗を正すこと、それは亡き実祖父・宮内の願い、遺志でもある。

「腰の二刀は、弱き者を守る為にある。武士が米も作らずに偉そうにしているのは、いざという時に死ぬためだ」

「何かな？　それは。魅力的な理念だが、それが果たせていない当世の武士に対する皮肉にも聞こえる」

「俺の祖父、芳賀宮内の教えです。『泰平の世が続き、武士は威張るだけの木偶《でく》の坊となった。それだけならまだいいが、民百姓から養分を吸い上げる害虫となっている。そうなるぐらいなら、武士などいない方がましだ』と」

「極端だが、私もその考えには共感する。恐らく、父も同じだろう」

求馬は居住まいを正すと、意知を見据えた。

「やります。どこまでやれるかわからないですけど、俺は公儀御用役を務めたいです」

「よし、ならばこれを託そう」

意知は懐から、一通の書状を取り出した。

「父から、蓮台寺藩に向けての内々の書状だ。外記及び執行一派が罷免に同意するのなら数々の罪を許すが、もし抗《あらが》うというのなら悪政の責任を負わせるというもの。表立っては動けぬが、これぐらいは問題ないだろうと、したためてくれた」

意知は、その書状を求馬に手渡した。目を落とす。書状の表には、『下』と記されている。

「この書状と、茉名さんが蓮台寺へ入れば、我々の勝ちということですね」

「そういうことだ。役目としては単純だな。刺客から茉名殿をひたすらに守りながら、蓮台寺を目指す」

「簡単に言ってくれますね」

「君なら可能だと、私は信じている、君には剣の腕だけではなく、強い意志がある。だから私は賭《か》けたのだ。この博打《ばくち》に勝たせてくれよ」

「勿論です」

「それに公儀御用役は、今回限りとは思っておらん。今後も君に私の同志として働いて欲しい。無事に江戸に帰ってきた時、これからも続けるかどうか聞かせてくれ」

求馬は頷《うなず》くと、腰を上げた。話は終わったかと思ったが、意知が呼び止めた。

「道場の留守は、私から手配しよう。しかし、君の兄上にはどう伝えようか」

それを聞いて、兄の存在をすっかり忘れていた。このまま旅に出ると、道場は留守になる。そうなると酷《ひど》く心配することになるだろう。

「私から、内々の命を与えたと伝えてもいいが」

「いえ、兄には心配をかけたくはありません。出稽古《でげいこ》で、奥羽《おうう》へ旅に出たとでも伝えていただければ」

それだけでいい。茉名のこと、意知のこと、役目のこと。それらのことは目付という職責が重い役目に就く鵜殿に伝えないわけにもいかないが、それは全てが終わってからでいい。

＊＊＊

軍議と称された集まりには、意知と茉名が上座に、楡沼と音若、そして仙十郎と就義党の面々が参加した。その数は十二名。初めて見る顔もあったが、家主の百蔵の姿は無い。意知は「忙しいからだ」と説明していたが、どうやら徹底的に顔を見せないようだ。

「まずは、深い感謝を申し上げなければなりません。不甲斐《ふがい》なくも、敵の手に落ちたわたくしの為に、命を賭《と》して戦ってくださいました。なんと礼を申し上げるべきか……」

茉名はそこで目を伏せると、大きく息を吸って再び視線を上げた。

「ですが、戦いはこれからです。こうしている間にも、資清さまは執行派の厳しい監視下に置かれ、江戸藩邸で不自由な生活を強いられています。いつご先代のように、魔の手が伸びるかわかりません。ですので一刻も早く蓮台寺へ赴き、諸悪の根源たる外記を取り除く必要があります。わたくしは、資清さま……いや弟を守りたい。姉として、家族として。当然、御家や領民の為でもありますが、ここに集った皆さまには、わたくしの率直な胸の内を明かします。どうか、弟を救い出して欲しいと」

一見して気位が高いと思われかねない茉名の、涙ぐんだ素直な言葉に全員が頷いた。楡沼などは、「守りますよ、御姫様《おひいさま》。民百姓の為も立派だが、弟を助けたいという気持ちには真《まこと》がある。俺はそっちの方がやる気が出ますね」と、感じ入っている。

次いで意知が、これから茱名がどうやって蓮台寺へ向かうのか、関八州の地図を広げて説明した。

意知の作戦案は、敵の眼を欺く為に一行を三つに分けて蓮台寺を目指すことだった。

まずこれから楡沼と仙十郎と就義党から二名を加えた四名が出発し、そして夜半に就義党の残りの四名が、そして明日の夜明けを待って求馬と音若は、茱名と共に出発することになった。

また蓮台寺までは、水戸街道《みとかいどう》を北進して中貫宿《なかぬき》で、蓮台寺城下に繋《つな》がる伊規須《いぎす》街道を進むことが一般的だが、執行一派も当然宿場の要所は押さえるであろうから、その行程は各自に一任。ただ落ち合う場所は、宮司が同志でもある弁分《べんぶん》神社と定められた。

それから楡沼と仙十郎たちが、蓮台寺藩での再会を約して進発し、求馬たちは夜明けまで休むことになった。

その夜は、どうにも眠れなかった。求馬は何度か寝返りを打った後、身を起こして寝所としている一間を出た。

庭に面した濡《ぬ》れ縁に、求馬は腰を下ろした。月が出ていた。秋も暮れかかり夜風は冷たいが、それが妙に心地よかった。

（まさか、こんなことになろうとは……）

予想だにしなかった。花尾道場の帰り、あそこで少しでも歩みが遅ければ、或《あ》るいは速ければ、今でも自分は代稽古や用心棒や不寝番、或いは畚《もっこ》担ぎに精を出していただろう。

それが茉名と出会った。大名家の姫。しかも、徳川吉宗の血筋だという。そんな娘に、俺は惹《ひ》かれてしまった。また楡沼や音若、仙十郎。そして、意知という気持ちのいい男たちとも出会った。

ただ、それは良いことばかりではない。鷲塚旭伝に敗れ、殺されかけた。そして、人を殺すことになった。

（ただ、これも自分の星なのだ）

三蔵が言っていた。人には、それぞれ生まれながらに宿された星がある。それに抗うも受け入れるも、その星の内であると。だとすれば、これは決まっていたことなのだろう。

「求馬どの」

もの思いに耽《ふけ》っていると、声を掛けられた。茉名だった。連れ去られた時の茉名は男装をしていたが、今はもう姫の姿に戻っている。だが夜が明けると、町人の娘風になるようだ。

「眠れないのですか？」

「茉名さんこそ」

茉名は頷きつつ、求馬の傍に座した。

「茉名さんが、姫様だったって知らなかったな……」

「申し訳ありません。求馬どのを欺くつもりはなかったのですが」

「いいんです。茉名さんは、俺を巻き込まないよう、そう気を遣ってくれたのですから。それに茉名さんが姫様だろうと、何だろうと、俺にとっては茉名さんです」

「ありがとう。そう言ってくださる人は、わたくしの周りにはいませんから、何だか嬉《うれ》しいです。そして、蓮台寺の為に戦ってくれると決めてくださった。そのことについて、何とお礼を言ったらいいのか」

求馬は首を振り、「俺が、自分で決めたことです」と謙遜《けんそん》した。戦おうと決めたことに、立派な志は無い。今でこそ領民への同情はあるが、最初は自分が変わる為、そして茉名の為という意識しか無かったのだ。

「それより、茉名さんは凄《すご》いと思います。大名家の姫という身分でありながら、危険をいとわずに戦っている」

「いえ……。わたくしは、何も知らなかっただけです。外記の言葉を鵜呑《うの》みにして、蓮台寺が穏やかに治まっているものと、信じ切っていたのです。そして、わたくしはお稽古《けいこ》をして、芝居を見て、狆《ちん》を愛《め》で……。領民のことなど考えず、安穏と暮らしていました。奢侈《しゃし》に耽っていたと言われても仕方がありません。しかし、そうした暮らしを支えていたのが、領民の血税であったと知ったとき、わたくしは恥じ入り、そして命を賭けるしかないと決めました」

「その決意が、俺には中々出来ませんでした」

「でも、本当は怖いのです。求馬どのは、怖くはありませんか？　わたくしは、恐ろしくて仕方がありません。自分が死ぬことも、誰かが死ぬことも……」

茉名が目を伏せた。消え入りそうな声は、若い娘が持つ本音だった。気丈に振舞っていても、まだ十六歳なのだ。十八の自分でさえ怖いのに、茉名がそうではないわけもない。

「怖いですよ。でも、怖がっているだけじゃ変われないし、誰も救えない。だから俺は、茉名さんを守り通すと決めたんです。誰かを自分の弱さのせいで死なせない為に。俺自身が変わる為に」

求馬はそう言うと、身体を茉名の方へ向けた。そこには、美しい茉名の顔があった。頬が濡れていた。その涙を、求馬は掌《てのひら》で拭《ぬぐ》ってやった。この子が泣くと、何故か胸が苦しくなる。

「茉名さんは俺が守ります。そして、蓮台寺へ連れていくと約束します」

求馬は軽く微笑んで、夜空を見上げた。次にこうして穏やかに語り合えるのは、蓮台寺であろうと、何となく思った。

幕章　三奸《さんかん》の企み

陽もどっぷりと暮れた、夜の五つ。

執行外記は椿町《つばきちょう》にある上屋敷で、同志とも呼べる二人の男を招いていた。

一人は人が好《よ》さそうな笑みを浮かべる、総白髪の好々爺《こうこうや》。商家の隠居風の男は、徳前屋庄兵衛《とくぜんやしょうべえ》。蓮台寺の河川舟運を牛耳る男である。

もう一人は、庄兵衛とは正反対の、赤黒く潮焼けした、やくざ者。旺盛《おうせい》な欲望を感じさせる小太りの男は、楽市《らくいち》の鍬蔵《くわぞう》。蓮台寺の暗い世界を仕切る、楽市一家の親分。裏の首領《おかしら》。

蓮台寺藩を動かす執行派は数あれど、その中核と呼べるのは、政治・経済・暴力を司《つかさど》る、自分とこの二人だけだった。

「久し振りだのう、こうして三人だけで会うのは」

まず外記が口を開いた。脇息《きょうそく》に肘《ひじ》を預け指先で軽くこめかみを掻《か》いた。

「左様でございますねぇ。お互い何かと忙しい身の上になりましたから。昔のように、気軽にいつでもとはいきません」

返事をしたのは、庄兵衛だった。どこか長い歳月を振り返り、噛《か》み締めるような物言いである。

それもそのはず。この二人とは、ちょうど三十年前からの付き合いだ。庄兵衛は二十五、鍬蔵は二十三、そして自分は二十八。三人で集まり、それぞれの立場で上を目指し、この藩《くに》を変えようと誓った。あの時の誓いは、全てではないにしろ、一応は達成されている。

「なりふり構わず、駆けてきたからであろう。しかし、最近では我々を〈蓮台寺の三奸〉などと呼ぶ者もいるらしいの」

「ふふふ。政事を動かすことは、綺麗《きれい》事だけでは済みませんからね。銭を稼ぐのもそうですし、有象無象の破落戸《ごろつき》を束ねるのもそう。つまり、我々の手が汚れているのは、大人の仕事をしたからこそ。世間という泥中に、汚れも厭《いと》わずに手を入れたからこそでございます。言わば功名というもの」

外記が頷《うなず》こうとした時、鍬蔵が「おいおい、俺たちがこうして集まったのは、思い出話をする為かい？」と割って入った。

この男はいつもそうだ。小難しい話と回りくどい話を嫌う。つまり気が短いのだ。だが、それが暴力という点では役に立つし、鍬蔵の今の立場がそれを如実に表している。

そうした性格をわかった上で、外記は鍬蔵をひと睨《にら》みをして、本題を切り出した。

「あのお転婆のことだ」

それだけで、二人の視線がぐっと鋭くなった。

「藩邸を飛び出した姫を連れ戻したという話は、お前たちにも伝えたと思うが、再び奪われたらしい」

「おいおい、本当かよ」

驚きの声を上げたのは鍬蔵だった。庄兵衛は黙って外記を見据えている。

「昼過ぎに早馬が届いた。何者かが、下屋敷に斬り込み、姫を奪ったという」

「何やってんだよ。お屋敷に斬り込まれ、むざむざと奪われたただなんて、腰のダンビラは飾りかよ。腰抜けどもめ」

鍬蔵が信じられないという風に捲《まく》し立てる。並みの武士よりも、多くの修羅場《しゅらじょう》を潜ってきた鍬蔵なのだ。そうなるのも無理はない。外記とてそう思うし、差配を任せていた鷲塚旭伝は何をしているのだ？　と腹立たしくもあった。

「その後、姫は津島屋という大店《おおだな》の寮に入ったらしい」

「津島屋」

　そこで黙っていた庄兵衛が、初めて口を開いた。

「そう。江戸の河川舟運で、大きな力を持つ船荷問屋。お前とご同業だ」

「それはそれは」

　それでも庄兵衛は笑顔を崩さない。

「強力な後ろ盾を得た、というわけですな。大名貸しをするほどの分限者でございますし」

「恐らく、おぬしを排した後に、蓮台寺の水運を任せるのかもしれぬ」

　蓮台寺領内には鬼怒川《きぬがわ》水運の拠点となる幸袋河岸《こうぶくろかし》があり、また城下には支流の潤野川が流れ込んで、それが大きな富を生んでいる。一万二千石に過ぎない蓮台寺藩が、石高の割に内福なのは、この水運があるからである。

　今は徳前屋が仕切っているが、それを津島屋に任せるという腹積もりなのかもしれない。もしそうであれば、江戸と北関東《きたかんとう》を繋《つな》ぐ河川舟運を津島屋が押さえることになり、それは途方もない利益を生む。津島屋が多少の危険を冒してでも茱名を後押しする理由としては十分だ。

「それは怖い。何が何でも、負けられませんな。それで、ご家老は今後どのようになると？」

「国許《くにもと》に来るであろうな。元々、姫はそのつもりで藩邸を抜け出たというからの」

「それで、こっちに来て何をするつもりなんだい？　いくら先代の妹とはいえ、小娘だ。女ひとりに何が出来る？」

鍬蔵が訊《き》いた。鍬蔵は、この問題が起きた時から、茉名が持つ影響力を侮っているところがある。

「わからん。わからんゆえに、不気味なのだ。就義党の若造どもが、相良藩の用人と密会していたという報告は受けている」

「相良藩ってぇのは？」

「天下のご老中、田沼意次だ。ご先代は、その嫡子と昵懇《じっこん》であられたからな。何かしらの繋がりで、姫は田沼に助けを求めたのだろう。公儀がこの一件に関わってい るとなれば、楽観視も出来ん」

「相手はご公儀か？　こいつは剛毅《ごうき》だなぁ。それで、小娘は旗本八万騎でも率いてくるのかい？」

外記は溜息《ためいき》を吐くと、「いや、それは無かろう」と漏らした。

「下屋敷を襲撃したのは、四人だったという話だ。公儀や津島屋が後ろにいながら、それほどの少数なのは、そうせざるを得ない理由があるからだろうよ」

「なんだい、たったの四人かよ。笑わせんなっての。なら簡単じゃねぇか。全員ズバッと殺《や》っちまえば済む」

その言葉に庄兵衛が苦笑し、外記は溜息を吐いた。

この男は、物事を深く考えない。それ故に無茶も出来るし、鍬蔵が持つ衝動的な暴力は、外記が権力を摑《つか》むのに役立ってきた。そしてこの単純明快さが、外記は嫌いではない。

「そうだ。公儀にどんな思惑があろうとも、姫を始末すれば我らに生き残る芽はある」

「果たしてそうでしょうか？」

庄兵衛が訊いた。この男は元来の心配性。鍬蔵と性格が合わないところがあるが、だからこそ組ませると大きな成果を挙げてきた。

「わからん。だが公儀が大勢の護衛をつけぬのは、表沙汰《おもてざた》には出来ない理由があるからだ。恐らく、姫のお血筋がゆえに公にしたくないのだろう。家中の不和が知られれば、改易もあり得る」

茉名は、何と言っても八代将軍・徳川吉宗の孫娘。性質も吉宗に似ているところがあるという。そうした血筋だけの優遇を、外記は糞《くそ》くらえと思っている。

血筋や門閥。下士に生まれた外記は、そうしたものに幾度も邪魔され、実力で叩《たた》き潰《つぶ》してきた。無能なくせに、生まれがいいだけで偉そうに振舞う、そんな連中が嫌いだった。勿論《もちろん》それには少弐家の者たちも含まれているが、ただ茉名だけは、藩邸を抜け出た辺りから少し見直している。少なくとも、危険を冒してまで戦おうとする意志はある。

だからとて、腹立ちが無いわけではない。茉名は外記が懇意としている大名家との婚姻が決まっていたが、江戸藩邸を抜け出す際に、その婚姻を破棄する一文を相手方に送りつけるという暴挙をしでかしている。江戸家老が必死に頭を下げて何とか収まったが、自分の顔に泥を塗られたのには間違いない。

「とりあえず、始末すりゃ解決するわけだな」

物事を簡単に考える鍬蔵が、あっけらかんと言い放ち、外記は頷いた。つまるところ、茉名を殺せば八割は解決する。

「実務は鷲塚に一任しておる。奴の門人が中核となっておるが、浪人どもも使うようだ」

「なるほど。実は私の知り合いに、凄腕《すごうで》の始末屋がいましてねぇ。針を使うらしいんですが、いかがでしょう？　私も動いて構いませぬか？」

そう言ったのは庄兵衛だった。この男は商人であるが、まるっきりの素っ堅気というわけではなく、必要によっては殺しも厭《いと》わない。

「構わんよ」

外記は庄兵衛に許可を下すと、鍬蔵を一瞥《いちべつ》した。

「おぬしは？」

「いっちょ噛《か》むに決まってんだろ。ちょうどおあつらえ向きの男が、俺のとこに草鞋《わらじ》を脱いでいてなぁ。数多《あまた》の喧嘩《でいり》で負け知らずの、上州長脇差だ」

「期待している」

「へへ。ならよ、俺か徳前屋か、ご家老さんか。誰が御姫様《おひいさま》の美しい首を獲《と》るか競争だな」

＊　＊　＊

二人が去ると、外記は客間を出た。

屋敷の濡《ぬ》れ縁。外記の上屋敷は藩庁のすぐ傍にあり、その威容を望むことが出来る。一朝事あらば、すぐに藩庁へ駆け付けられるよう、さる門閥の屋敷を接収して住まいを移したのだ。

その藩庁を一瞥し、外記は鼻を鳴らした。

蓮台寺藩の藩庁は、陣屋であるにもかかわらず、蓮台寺城と称している。それは一万二千石でありながら、藤原北家秀郷流の裔《すえ》であり、守護大名として北部九州に絶大な権勢を築いた、武家の名門だからである。本来ならば無城格であるが、その血筋ゆえに城主格として認められているのだ。

元々少弐家は、戦国の御世で一度滅んでいる。しかし、その後裔《こうえい》を名乗る若者が、三代将軍・徳川家光《いえみつ》の小姓として寵愛《ちょうあい》を受け、長じて閨《ねや》での〔忠勤〕が認められて、城主格の大名に取り立てられた。

少弐家一門は、名門を再興させた藩祖を神のように祀《まつ》り上げ、藩士たちも武家の鑑《かがみ》のように思っているが、有り体に言えば槍《やり》働きならぬ、尻《しり》働きで成り上がったものので、そんな男に崇敬の念など抱く気にはなれない。

(だから、わしは嫌いなのだ。少弐家もこの藩《くに》も)

能力など無いくせに、血筋だの家柄だの、そんなものに拘《こだわ》る。いや、無能だからこそ、そんなものにしか縋《すが》れない。そもそも大名家に取り立てられたのも、我が身を欲望の贄《にえ》に捧《ささ》げたからで、藩祖の能力云々《うんぬん》ではない。身体の具合が良かったからだ。

(ここで勝たねば、今までやってきたことが無意味になる)

門閥政治を打ち砕き、藩主家の権力を弱めてきた。先代の資軌が目指した、藩主親政などもっての外だ。そんなことをすれば、藩主が暴走をした際に、誰も止められなくなる。だから、資軌を暗殺するという手段を取った。

しかし、茉名が勝てばどうなるか。藩主家の力が強まり、また門閥政治に戻るだけではないか。そんなことをさせては、この藩《くに》が立ち行かなくなる。

(何としても、茉名を殺さねばな)

外記は見栄と欺瞞《ぎまん》の象徴たる、蓮台寺城を眺めながら決意を新たにした。

第二章　決意の旅路

1

久し振りの旅だった。

最後に旅をした、二年前のあの日以来だ。それより前は、三蔵に連れられ関八州のあちこちを旅していた。お陰で足腰は丈夫に育ち、蓮台寺までの歩みには何ら不安はない。

水戸街道、小金宿《こがねしゆく》を目の前にした道中である。この辺りは手つかずの原野となっていて、軍馬を育成する幕府直轄の放牧場が設置されているらしい。実際の牧はもう少し先だが、それらしき景色は十分にある。

茉名を連れて、津島屋の寮を出たのが払暁前。初日の宿は小金宿と決めていたので、行程としては順調に運んでいる。

最初の難所、金町松戸《かなまちまつど》関所《せきしよ》は意知の書状と、公儀御用役の身分があったからか、関所の役人から茶と茶菓が振舞われるという、思わぬ歓待を受けた。

そもそも金町松戸関所は、江戸に入る鉄砲と江戸を出ようとする女を取り締まる役目があり、出女は人質として江戸屋敷にいる大名の妻女が、国許《くにもと》に脱出することを指す。理由はともあれ、大名家の姫が江戸を密《ひそ》かに抜け、国許に戻ろうとするのだから、当然厳しい詮議《せんぎ》が待っているはずではあったが、事前に意知が「心配ない」と言っていた通りになった。意知の書状には、求馬が公儀御用役であり、意次の密命によって、娘を連れていることが記されていたらしい。

その松戸宿を出て、もうすぐ小金宿へと至る。程なく陽も暮れかかるだろうし、今のところは予定通りの宿泊となる。

「今夜の宿までもうすぐですよ」

と、求馬は旅の町娘に扮《ふん》した茉名に声を掛けた。

江戸で生まれ育った茉名は、今まで一度もその外を見たことがなかったらしく、初めこそ見るもの全てを物珍しそうに眺めていたが、江戸川《えどがわ》を越えた辺りから疲労の色が濃くなるのが見て取れた。その都度、求馬は歩みを止めて休息を取った。茉名は拒んだが、求馬は聞かなかった。ここで下手に無理をして、へばってしまう方が怖い。

茉名の足を加味しても、蓮台寺までは四日ほど。それが延びれば延びるほど、外記がこちらを迎撃する態勢を整えてしまう。

「そうですか。あと少しなら頑張れそうです」

茉名が苦笑いを浮かべると、奉公人の恰好《かっこう》をした音若が「旅籠《はたご》は既に取っておりますよ」と告げた。この辺の準備は、百蔵が整えてくれていた。小金宿には幾人かの知り合いがいるというのだ。

「すみません、わたくしが旅慣れぬばかりに」

茉名がそう言ったので、求馬と音若は慌てて頭《かぶり》を横に振った。

「誰でも最初はきついものです。次第に慣れてきますよ」

こう三人で歩いていると、商家の娘と奉公人、そして用心棒という恰好で、道中ではそう珍しくもない組み合わせとなっていて、特段目を引くようには思えなかった。

ただ、いざという時の為に、音若と死ぬ順番だけは決めていた。求馬は「そんなもの決める必要はないし、俺は誰も死なせるつもりはない」と言ったが、音若は用心の為だとして、「まずはあっし、次に求馬様。あっしは茉名様、次いで求馬様の順でお守りしやす」と決めた。その時は、さぞかし厳しい旅になるだろうと思っていたが、ここまで敵の気配は感じていない。

小金宿は、ひっそりとした宿場だった。南北に縦貫した町筋《まちすじ》に、百五十軒ほどの家並みがある。また宿場内には牧場を司《つかさど》る野馬奉行《のまぶぎょう》の屋敷や、街道を片道二泊三日で往復する水戸藩士たちの為の宿所もあるという。そうした話を、音若が道々で聞かせてくれた。音若は忍びでもあるので、そうした土地《ところ》の事情に詳しいのだろう。

また、そうした話を茉名は面白そうに聞いていて、疲れを忘れさせてくれてもいる。

その小金宿の、能見屋《のうみや》という旅籠に入った。百蔵の名を出すと、旅籠の主人は平身低頭し、母屋とは渡り廊下で繋《つな》がった一室をあてがってくれていた。

その部屋の隣には、風呂《ふろ》も備えている。本当に特別な部屋なのだろう。どうして百蔵の名を出しただけで、ここまでしてくれるのか。色々と思うところはあるが、そう積極的に考えたいとは思わない。

その風呂から求馬が上がると、音若と茉名が地図を広げていた。明日からの行程を確認しているのだろう。

「求馬様、これからのことでございますが」

「何か問題でもあるんですか？」

「いやぁ今のところは順調でございやすが、順調すぎるってのがどうも気になりやす」

「敵が我々の動きを摑《つか》み切れていない、ということかもしれませんよ」

「その可能性はあるとは思いやすが、どこぞで待ち構えている気がしてなりやせん」

蓮台寺へは利根川を渡り、水戸街道を牛久宿《うしくしゅく》まで進んで、そこから伊規須街道に入るのが一般的な道筋とされている。となれば、当然そこに人を配するというのは考えられる話だ。

「例えば？」

求馬は地図をのぞき込んで訊《き》いた。

「まずは我孫子《あびこ》の先にある、青山《あおやま》の渡し。利根川を渡らねば先に進めませんから、むやみに宿場で見張るより、この渡しで待つ方がずっと手間が省けやす。次は伊規須街道の追分となる牛久でございましょう」

求馬は音若の話を聞きながら、地図上の水戸街道を指でなぞってみた。確かに、待ち伏せを配するには絶好の場である。特に青山の渡しは、一度に運べる人数が限られているだけあって、見当がつきやすい。

「しかし迂回《うかい》したところで、結局は利根川は渡る必要がありますよ」

「ええ、利根川には十五以上の渡しがございやす。その全てで待ち伏せするのは難しいかもしれやせんが、監視をつけさせることぐらいは出来ましょう」

「それに、外記の手下には徳前屋という、船荷問屋がいます。そこで船頭衆に対して何かしらの手を打っている可能性はありますね」

ずっと話を聞いていた茉名が、口を開いた。

外記について、ここまでの道中で色々と教えられていた。低い身分から成り上がった辣腕《らつわん》家であるが、その陰で汚い真似をしていたということ。そして、外記には二人の同志と呼べる男たちがいて、彼らは蓮台寺の三奸《さんかん》と呼ばれているということ。

徳前屋庄兵衛は、その三奸の一人だ。

「あっしの古い知り合いに、公儀に隠れて秘密の渡しをしている者たちがおりやす。まぁ渡しだけでなく、利根川の水利を使ってあくどいことをしている、川賊《せんぞく》ではあるんですがね。鯰田《なまずた》という集落にいて、水蜘蛛《くも》などと呼ばれているんですが、ここは一つ力を借りるべきかと」

「賊と手を結べと言うのですか?」

茉名が目を吊《つ》り上げた。その性格を考えれば無理もない話ではあるし、求馬も同じ意見ではある。

「へぇ……。水蜘蛛が悪党なのは承知ですが、襲うのは悪辣な商家の船ばかり。だからとて、悪党には違いないのでございやすが、その中には徳前屋も含まれておりやす」

　茉名が求馬に目を向けた。迷っているのが、ありありとわかる。茉名の正義感から、悪党の手を借りるのは本意ではないだろう。その気持ちは、求馬もわかる。しかし手を汚すこともなく、外記を倒すことは難しい。綺麗《きれい》事ばかりを並びたてて、大事を為《な》せると思うほど夢想家ではないし、既に求馬は人殺しという悪事で手を汚している。そして手を汚すのは、なにも茉名である必要もない。

「茉名さん、水蜘蛛の手を借りましょう」

「求馬どの、しかし」

「生きて蓮台寺に入る為です。ここは、俺の判断に従ってください」

　そう言い切ると、茉名の顔に一瞬だけ赤みを帯びたが、すぐに肩の力が抜けて「わかりました」と告げた。怒らせたかも？　と心配になったが、茉名は微笑んでくれた。こちらの意図を察してくれたのだろうと、求馬は安堵《あんど》した。

＊　＊　＊

翌日、求馬たちは鯰田という集落へと向かった。

小金から我孫子へは進まずに、手賀沼《てがぬま》が見えてきた辺りで脇道に逸《そ》れた。

広大な平野が、目の前に広がっていた。利根川と江戸川に挟まれた、肥沃《ひよく》な大地。遠くに筑波山《つくば》が見えるものの、それ以外は真っ平。それゆえに、空が大きくも感じられる。これは江戸にいては感じられないもので、茉名は街道筋とは違った景色に目を輝かせていた。

音若が言うには、このまま北西に進むと関宿藩《せきやどはん》領に入るが、その手前辺りに鯰田があるという。

破落戸《ごろつき》たちが百姓たちに絡んでいたのは、そうした道々でのことだった。この先は筒野村《つつのむら》という集落があり、そこで昼餉《ひるげ》をと思っていたところだ。

破落戸は、派手な着流しに腰に長脇差をぶち込んだ、どこからどう見ても、その筋の者である。六人ほどいて、二人の百姓に殴る蹴《け》るの暴行を加えている。

「おお、よい所に」

破落戸どもの蛮行を、止められずにいた雲水が、求馬たちに駆け寄ってきた。すかさず音若が茉名に身を寄せ、求馬は立ち塞《ふさ》がるように前へ出た。

「どうしたのですか?」

雲水は六十近くにはなるだろう、顔の皺《しわ》は深い。

「あの者たちを止めてはくれんか。やくざ者どもが、百姓に難癖をつけたんじゃ。わしも止めようとしたんじゃが、この有様でのう」

と、雲水は殴られた頬を指さした。

以前、そうやって騙《だま》されたことがあった。人助けをしようとして、誘い込まれた。否《いや》でも警戒心が強くなる。

だが、目の前の暴行が作り物には見えない。百姓たちは、引き起こされ、殴られ蹴とばされ、倒れると引き起こされ、再び殴られている。やっている破落戸どもは、まるで遊びのように殴り倒していて、それに夢中でこちらに目もくれない。

これは本物だと感じ、求馬は茉名の名を呼んでいた。

「求馬どの。命じるまでもありません。人として当たり前のことをしましょう」

求馬は頷《うなず》くと、破落戸たちの方へ歩み寄って声を掛けていた。

「やめろ」

求馬が言うと、暴行の手は止まり、凶悪な顔をこちらへ向けた。

今までの自分であれば、ここで怯《おび》えていただろう。しかし、今は違う。敗北を知り、強敵を知り、仲間を知り、戦う意味を知った。そして、恐怖との向き合い方も。

ここ数日で踏んだ修羅場《しゅらじょう》に比べれば何程でもない。

「なんだ、てめぇ」

「やめろと言っているんです。六人がかりで情けない」

六人のうちの一人が、「へぇ、言うじゃねぇか」と一笑した刹那《せつな》、不意をついて拳《こぶし》を放った。

喧嘩《けんか》慣れしている拳。十分に迅《はや》いが、求馬は伸びきった腕を払うと、その顎《あご》を掌底で打ち抜いた。

破落戸が膝《ひざ》から崩れ落ちる。その時には、残りの五人が長脇差を抜き払っていた。

「サンピン、覚悟しろ」

こうなると、こっちのものだ。三蔵から柔《やわら》も学んだが、やはり剣の方がいい。

求馬は大宰帥経平を抜くと、刀背《みね》を返して、五人の肩や足を打った。度胸が据わった剣は侮れないが、度胸だけの剣なら他愛ない。剣筋が読みやすく、想定外の動きをすることはない。

五人はたちまち打ち倒され、求馬は二人の百姓を救い出した。激しく殴られ、顔は腫《は》れ上がっているが、ひとまずは無事なようだ。

雲水は先を急ぐと言い、求馬たちが筒野村まで二人を運ぶことになった。

＊　＊　＊

「しかし、とんでもないことをしてくださいました」

思わぬ一言だった。

破落戸に絡まれていた百姓を救い出し、二人が住まう筒野村まで送り届けたところ、応対に現れた庄屋《しょうや》から言われたのだ。

庄屋は四十半ばの小太りで、気苦労が絶えないと顔に書いてある、冴《さ》えない男だった。他にも数名の村役人が集まったが、皆が一様に困り顔である。

「それは、どういうことなのでしょうか？」

茉名が、ありがた迷惑の空気を放つ一同に向かって訊《き》いた。

感謝されたいが為に救ったわけではないが、こうもつっけんどんな対応をされるとは思ってもいなかった。

「これは申し訳ございませぬ。いや、まずは二人を救ってくれたことに感謝を申し上げるべきでした。ですが、相手を打ち倒したとなると……」

「報復が怖い、ということでござんすね」

茱名が返事をする前に、音若が答えた。すると、庄屋がこくりと頷いた。

「有り体に申し上げますと、左様でございます。二人を襲ったのは、小金の街道筋から、ここら一帯を領分《シマ》にしている、鬼猪一家《おにじしいっか》の若衆たちでございましょう。親分も子分も喧嘩っ早く、歯向かう者は堅気だろうとお武家様だろうとお構いなく殺す、狂犬のような男たちで、近郷の者たちは誰も逆らえませぬ」

「なら、俺が今から鬼猪一家のところへ行きますよ。この村は関係ないとわからせればいいんですよね」

求馬が言うと、庄屋はとんでもないと言わんばかりに首を振った。

「それだけはご勘弁ください。そんなことをしては、私どもが唆したようになります。鬼猪一家は大勢の若衆を抱えておりますし、この村が襲われればひとたまりもございません」

「役人は何をしているのですか？」

「役人？　そんなもの……。どうか、このまま当地をお立ち去りくださいまし。村の為にも、そして御身の為にも」

そこまで言われると、もう言葉が無かった。

求馬としては、民草を苦しめる存在がいることを看過出来ないが、報復を恐れる筒野村の人たちの気持ちもわかる。恐怖に支配されているのだ。

「わたくしは、余計なことをしたのでしょうか」

筒野村を出ると、茉名がぽつりと呟《つぶや》いた。肩を落としている。勝ち気で気位が高い姫が、落ち込んでいるのは明らかだった。

「茉名さんの判断は、間違ってはいません。あそこで助けなければ、二人は酷《ひど》いことになっていたでしょうし、助けられる力があるというのに見て見ぬ振りをすることは許されない」

「しかし、村の者たちを苦しめることに」

「そうかもしれません。ですが恐怖に心が支配されると、正しい判断が出来なくなるものなのです。俺にはそれが痛いほどわかります」

鬼猪一家を倒す、これ以外に村を救う道はない。しかし、そんなことをしている余裕は、今はない。自分でも、あれが正しい判断だったのか自信は無かった。いや、止めに入ったこと自体に後悔は無いが、あの六人を打ち倒さなくても良かったのでは？　とも思う。だから罪悪感が強い。

「今夜は野宿でございますね。明日には鯰田、そして利根川を越えられましょう」

音若が言った。茉名は「野宿ですか？」と驚いたが、求馬は「お尋ね者の俺たちが、どこぞに泊まれば迷惑がかかりますから」と説明した。鬼猪一家の勢力がどこまでかわからないが、利根川を渡るまでは、野宿になるだろう。

ただ食料だけは心許《こころもと》ない。昼飯は食べ損ね、飯は小金で拵《こしら》えてもらった握り飯のみ。その気になれば、蛇でも野鳥でも捕まえてもいいと思ったが、そんなものを某名の口に入れられるはずがない。

暫《しばら》く歩くと、朽ち果てた百姓家を見つけた。見るからに襤褸《ぼろ》であるが、一夜を過ごすには問題は無さそうだ。

「おお、これは奇遇だのう」

中に入ると先客がいて、それは先程出会った雲水だった。雲水は囲炉裏で火を熾《おこ》していて、枝に差した餅《もち》を焼いていた。

「まさか、またおぬしらに会えるとは。これも旅の醍醐《だいご》味《み》だのう」

と、歯の抜けた口を開いて一笑し、自らは了然《りょうぜん》と名乗った。この老僧は一つの寺でじっとしていられない性分らしく、関八州の寺々を巡りながら一年中旅をしているという。

「先刻は無理を言ってすまなかったのう。それで、あの百姓たちはどうなったかの？」

了然の問いに、茉名が「それが……」と答えにくそうにしたので、代わりに求馬があらましを説明した。

「なるほどのう。それは悪いことを。だが、気に病むことはない。そこもとは、正しい判断をしたのじゃ。それを村の衆が受け入れられなかったこととは、全くの別儀じゃよ」

老僧らしい一言に、茉名の表情が少し明るくなったような気がした。

「しかし、鬼猪一家は執念深いという噂じゃ。道中気をつけねばなるまいぞ」

目下の問題はそれである。外記たちから追われつつ旅をしているというのに、新たに敵を生み出してしまったということだ。音若曰《いわ》く、鯰田まで行けば鬼猪一家も手を出せないらしいが、そこまではあと半日は掛かる。

「ちょっと、あっしは鬼猪一家を探ってきやす」

了然が憚《はばか》りに立つ隙を見て、音若が言った。

「何故です？」

茉名が訊くと、音若が「ちょいと評判ぐれぇは聞いておこうと思いやしてね」と、深い理由は言わなかった。音若には、何か意図するものがあるのだろう。そして音若は、「あっしが帰るまで、茉名様をよろしくお頼み申しますよ」と求馬に告げて消えた。

＊＊＊

音若が戻ったのは、陽がとうに暮れ、了然の高鼾《たかいびき》が聞こえだした頃合いだった。

音若が目で合図をしたので、求馬は茉名と連れ立って外に出た。月が出ているので、思ったよりは明るい。

「鬼猪一家ってぇのは、とんでもねぇ屑《くず》ばかりでございやした。親分は鬼猪の政蔵《まさぞう》というんですがね。やくざでありながら、近郷十ヶ村をまとめる大庄屋でもあるらしく、年貢の一部を懐に入れるわ、見込みのある若者を無理やり一家に引き込むわ、喧嘩《でいり》が起きりゃ堅気の百姓を無理やり参加させるわ、もうやりたい放題で」

こうしたことが、地方ではある。そういう話は、これまで三蔵との旅の中で見てきたし、知識として知っていた。しかしそれでもなお、開いた口が塞《ふさ》がらなかった。

江戸にもやくざ者はいて、その中には悪党も多い。しかし、ここまでの話は聞いたことがない。もし江戸であれば、すぐさま役人に潰《つぶ》されるだろうし、同じやくざ連中から道を弁えぬ外道と、制裁を受けるだろう。これが罷《まか》り通っているのは、領主たる武士の怠慢以外の何物でもない。

「領主は何をやっているのですか？」

求馬の心中を察したように、茉名が憤慨していた。ただ、求馬以上に激している。こうした因習や歪《いびつ》な支配が、地方では当たり前のようにあることを、今まで江戸という籠《かご》の中で生きていた姫には、到底信じられないのかもしれない。

「土地《ところ》の者の話では、それがどうも一緒に組んでいるようで。領主は赤松次郎大夫《あかまつじろうたゆう》という大身の旗本で、鬼猪一家から上納金《アガリ》を得ることで横暴を許しているとか。とんだ糞野郎《くそやろう》です」

「天下のお旗本が聞いて呆《あき》れる。公儀はこうした実情を知らないのでしょうか」

「それは、あっしから意知様へ報告しておきやしょう。この件が終わり次第、きっと手を打ってくださるでしょう。とりあえずは、早いこと利根川を渡ることでございやすね。向こうさんは、血眼で我々を捜しているといいますし。ま、当然でしょうが」

求馬が同意するように頷《うなず》くと、茉名が「でも」と口を挟んだ。

「果たして、それでいいのでしょうか。目の前で、悪逆の所業に苦しんでいる領民がいる。幾ら当家の領地ではないとしても、このまま見捨てるように川を渡ることに、わたくしは忸怩《じくじ》たる想いがいたします」

「茉名さん、気持ちはわかります……。ですが俺たちは三人です。目の前で困っている民がいれば、助けてやるのが武士の義務とは思います。ですが、あれもこれもって具合には出来ません。楡沼さんや間宮さん、そして仲間の皆さんも待っています。まず茉名さんは、自分に与えられた責任を果たすことを考えるべきです」

「責任？」

「弟を救い出し、外記を排して藩政を改め、蓮台寺の領民を幸せにすること。鬼猪一家については、この始末がついた後に、俺がなんとかしますから」

求馬はそう言って胸を叩《たた》くと、茉名が小さく頷いた。不承不承なのかもしれないが、今は蓮台寺に入ることが先決である。

翌日寝ている了然を起こさぬように、廃屋を出た。

まだ日の出前である。音若の報告では、鬼猪一家が血眼になってこちらを捜しているというし、暗いうちに領分《シマ》を出る必要がある。

陽が昇り、明るくなると利根川沿いに出た。あとは北西に進むだけとなった時、川沿いに生い茂る芒《すすき》の中から「いたぞ」という声が上がった。

現れたのは、やくざではなく百姓の姿だった。その中に、昨日助けた二人の姿があったことに、求馬は愕然《がくぜん》とした。

「俺は鬼猪一家の若衆頭《がしら》で、弁天《べんてん》の権六《ごんろく》ってもんよ。よくも、うちの若い衆を痛めつけてくれたな。おかげで、うちの親分の機嫌が悪くてよ」

百姓の中から、背の高い男がふらふらと歩み出た。

頰に傷があり、眼に険がある男だった。また圧も殺気もある。ひとかどの男だ。

「お前の命《タマ》を獲《と》ってこいと言われたんだわ」

男が口許を緩めた。その周りに、やくざ者が八人。いや、十人はいる。

「音若さん、茉名さんをお願いします。ちょっと、あれは許せない」

求馬は権六を見据えつつ告げたあと、求馬は何の前触れもなく駆け出した。

それには権六も手下たちも、百姓たちも驚いていた。しかし、求馬は容赦しなかった。

大宰帥経平を抜き払い、権六の顔を軽く斬った。致命傷ではない。顔にもう一つ傷を作ったぐらいだ。返す刀で、その肩を刀背で打った。骨が砕ける感触があった。

若衆が、慌てて長脇差を抜いた。求馬は腕や脚を狙って、浅く斬った。大した腕ではなく、生かしておいても危険はない。動けなくすればいいと思った。

やくざ者だけを始末するのに、大した時は要さなかった。百姓衆が啞然《あぜん》としている。求馬は蹲《うずくま》る権六に、刀の切っ先を突き付けた。

「お前さん、べらぼうに強《つえ》ぇな」

「去れ。そして、親分に伝えるといい。俺たちを捜さなくても、そのうち俺の方から お伺いすると」

「へへ。言うじゃねぇか。だが、こんなにされて帰れると思うかい?」

「殺《や》れよ。こんな様《ザマ》を堅気に見られて、やくざとして食っていけるかよ」

「なら、足を洗えばいい」

求馬は、切っ先を首に当てた。あと少し力を込めれば、権六は死ぬ。そして、殺す覚悟はある。

「くそっ」

権六は両手を挙げると、首を振った。そしてゆっくりと立ち上がると、若衆と百姓に退散するように命じた。

百姓たちが権六の背を追っていく。ここまで来て、まだ従う。それは仕方のないことであるが、胸には苦いものが残った。

「もしかしたら、外記に従う者も同じなのかもしれません」

そう言って振り向くと、茉名の背後に老僧が立っていた。了然だ。手には針。求馬は叫んでいた。

それに気づいた音若が、咄嗟《とっさ》に了然に組み付いた。そのまま、引き倒す。揉《も》み合い、二度三度転がりながらも、了然が上になったところで血が噴き上がった。

「音若さん」

求馬と茉名の声が重なっていた。すると、馬乗りになっていた了然の上体がぐらりと揺れ、こっちを振り向いたその首に、匕首《ドス》が突き刺さっていた。

その了然を払い除《の》け、音若が立ち上がる。了然の鮮血を浴びて、顔を真っ赤に染めている。

「すみません。あっしが傍にいながら……」

「俺だって、気付かなかった。相手は玄人なんですから、仕方ないですよ。それよりも傷は？」

「幸い掠《かす》めただけでございやす」

と、左の腕をぺろりと舐《な》め、「毒もございやせん」と笑った。

「しかし、了然さんが刺客だったなんて。執行派は、鬼猪一家と繋《つな》がっていたと考えられませんか？」

「さて。それはわかりやせんが、我々は知らず知らず、挟撃を受けておりやした。蓮台寺までは、いっときも気を抜けやせんね」

そんなことを話していると、茉名が血を浴びた音若に言葉を失っているようだった。目の前で人殺しを見たのは初めてではないはずではあるが、先程の光景はより野蛮で、より剝《む》き出しの殺し合いだった。

「茉名さん。もうわかっているとは思いますが、どんなに高い志があろうと、理想があろうと、俺たちがやっていることは人殺しです。それは忘れてはいけない」

求馬の言葉に、茉名は無言で頷いた。

2

鯰田に着いた頃には、陽が傾きだしていた。

予定では昼前には鯰田に到着し、利根川を渡る予定だったが、鬼猪一家との一悶《ひともん》着《ちゃく》で随分と遅れてしまった。

鯰田は小さな集落だった。人家を囲むように耕地が広がり、百姓たちが畑仕事に勤《いそ》しんでいるかと思えば、川の傍では、漁具の手入れをしている者もいる。村としては半農半漁というところなのだろう。川賊の根城と思っていたので、あまりの長閑《のどか》さに拍子抜けだった。

「川賊ということについては、決して触れちゃいけませんぜ」

鯰田へ向かう途中、水蜘蛛《くも》の一味について音若が説明した。

「表向きは漁師ですからねぇ。あくまで、漁師に少々危険を冒して渡河をお願いする、という感じでお願いしやす」

その説明に、茉名が「もし、触れてしまったら？」と問うと、音若は首を振りつつ「何も言わないでしょう。笑って受け流すかもしれやせん」と言いつつも、「でも川の真ん中に来た辺りで刺され、水の中にドボンでしょうねぇ」と付け加えた。

「ですが、鬼猪一家に追われる身となりゃ、水蜘蛛に頼るしかございやせん。鬼猪一家は堅気にも強い影響力があるらしいですが、水蜘蛛は堅気ではございやせんし、何よりやくざ嫌いでございやすから」

その説明が本当であれば、やはりこの選択肢しかない。賊の手を借りることは本意ではないが、鬼猪一家にも追われる身となれば、水蜘蛛の力は心強い。

その集落を、村人の何気ない視線を感じつつ、川沿いにあるひと際大きな屋敷に、音若《おと》は訪ないを入れた。鯰田の網元、真部《さねべ》六郎《ろくろう》右衛門《えもん》に話を通す必要があるという。

出てきたのは、陽に焼けた若者だった。六郎右衛門の若衆、いや網子というものかもしれない。

「どちらさんで」

誰何《すいか》に対し、音若は「あっしは、音若という者で。〈百面《ひゃくめん》の音若〉と網元さんにお伝えしていただき、お繋ぎいただけると幸いでございやす」と、丁重に頭を下げた。

「百面？」

求馬は小声で訊《き》いた。

「変装が得意でございやすから。今は奉公人でございますが、その前はやくざ者でございましたでしょう？」

「それじゃ、本当の音若さんは？」

「さぁ……。自分でもわからなくなっちまいやした」

音若はけらけらと笑ったが、求馬は悲しかったし、冗談には到底聞こえなかった。本当の自分がわからない。そうならざるをえないほど、厳しい世界に身を投じているからであろうが、それでは何の為に生きているのか？と思わざるを得ない。

そうしていると、奥から再び若者が現れた。どうやら、六郎右衛門が会ってくれるという。

だが案内されたのは、屋敷の客間ではなく、その裏手にある船だまりだった。若者曰《いわ》く、日課にしている散歩の途中だったらしい。

利根川沿いに、無数の舟が係留されている。高瀬舟の他に、小さい舟も交じっている。その数は二十余。

その舟の一つに、六郎右衛門と思われる男がいた。歳は五十半ばであろうか。商家の旦那《だんな》を思わせる、上等な着物に身を包んでいるが、陽に焼けた肌と目鼻口と一つ一つが太い荒々しい顔立ちは、いかにも川賊の頭領だった。

その男が手招きをした。舟に乗れ、と言いたいのだろう。まず音若が川へ突き出した桟橋から六郎右衛門がいる高瀬舟に飛び乗り、求馬と茉名もそれに続いた。

六郎右衛門は舳先《へさき》の方に腰を下ろし、煙管《キセル》で煙草をふかしていた。

「久し振りだのう、百面の」

「へぇ。六郎右衛門さんも、達者なご様子でなによりでございやす」

「達者も達者さ。この前なんざ、十三人目の娘が生まれたばかりよ」

「そいつは、おめでとうございやす。しかし、六郎右衛門さんは衰え知らずで」

六郎右衛門が、「とんでもない」と言わんばかりに首を振った。

「これでもわしは無理をしてんだわ。妾《めかけ》がよ、『あたしも子が欲しい』なんて言うから、仕方なくってわけさ。毎夜毎夜だから、往生したわ」

そうしたやり取りを、茉名は渋い顔で聞いていたので、求馬は慌てて肘《ひじ》で小突いた。気持ちはわかるが、今は六郎右衛門の機嫌を損ねてはいけない。

「それで、百面のお前さんが来たってぇことは、それなりの話があるってわけだよな？」

煙草盆で煙管の雁首《がんくび》を叩《たた》くと、六郎右衛門は話を変えた。伝法な喋《しゃべ》り方といい、立ち振る舞いといい、やくざの親分という感じがする。

「へぇ。今日は六郎右衛門さんにお頼みがございやして」

「そうかい。まぁ、お前さんとは知らぬ仲でもねぇからな。話だけは聞いてやるぜ」

音若は、「へぇ」と言ったのち、密《ひそ》かに利根川を渡りたいと告げた。

「なんだ。川渡りか。拍子抜けしたぜ」

「ちょいと込み入った事情がございやして」

六郎右衛門は「うんうん」と頷《うなず》きつつ、その視線を茉名そして求馬へ移した。

「どうにも、最近この辺りが騒がしいんだよな」

「騒がしいといいますと？」

「わしのところに、二つの通達が届いた。一つは鬼猪一家から。もう一つは、蓮台寺藩の執行外記という野郎から。どちらも、若い娘と若い浪人、それに付き従う奉公人を捜せというものだった」

しまった、と求馬は思った。こうなる可能性を考えてはいなかった。表情が固まる。茉名は目を伏せ、音若は六郎右衛門を見据えたままだった。

「そしたら、お前さんたちがそれに当てはまるじゃねぇか。……なぁ、音若さんよ」

「あっしも、六郎右衛門さん同様、素っ堅気とは言えねぇ身でごぜぇやすからね。事情の一つや二つ」

「そりゃあるだろうよ。わざわざ、わしらに頼ろうと言うんだからよ」

六郎右衛門がにんまりとしている。その笑みは楽しんでいるというより、ある種の凄《すご》みを感じさせた。

それがどうにも不快に感じ、求馬は「あの」と声を上げていた。

「それで、俺たちをどうするんです？」

「そりゃ、お前さんたち次第だな。鬼猪一家も執行も、結構な報酬を用意している。言わばお前さんたちは賞金首だ。だが、そこは安心しろ。俺はやくざが嫌いだ。だから、鬼猪一家の協力はせん。ついでに言うと、執行も嫌いだ。あいつの手下である徳前屋とは、因縁浅からぬ仲でな。奴らは鬼怒川筋や利根川筋で、商売敵になる船荷問屋や河岸に付け火をしたり、船頭を襲ったりとあくどいことを陰でしている。なので、執行の話に乗るということもせん。そうした意味では、わしのところに来たというのは名案だと言える」

求馬は、六郎右衛門を見据えたままだった。いつでも、傍に置いた大宰帥経平を摑《つか》める。その意識は強くした。

「若いの、良い度胸をしてるじゃねぇか。覇気のねぇ、なよなよの見てくれに反して、返答次第ではわしを斬るって言いたげな眼だぜ?」

「斬りたくはありませんよ。ですが、もし六郎右衛門さんが敵になると言うのなら、俺は死力を尽くして抗《あらが》います。その責任があるので」

そう言うと、六郎右衛門が太い声で一笑した。

「蓮台寺の姫か」

「それが何か?」

茉名は平然と答えた。

「事情は知っている。それなりに情報筋《タレすじ》は持っているのでな。それで、わしと姫さんは共通の敵を抱えているというわけだ。あんたらの渡河の手伝いをしてもいいが、その見返りが必要だな」

「銭はございやすよ」

音若が口を挟むと、六郎右衛門は血相を変えて「そんなもんいらねぇよ」と吼《ほ》えた。

「銭なんざ、どうでもいい。それとは別のものが欲しい」

「それは何ですか？」

「……銭の種。言わば利権だな。執行を倒せば、徳前屋も倒れる。すると、蓮台寺の河川舟運を担う者がいなくなる。そこで、俺たちの出番さ」

「お断わりします」

茉名は気丈にも即答した。

「へぇ、どうしてだい？」

「理由は二つ。まず、わたくしたちの後ろ盾に船荷問屋がいるということ。津島屋という名前は、あなたも知っていましょう？」

「大店《おおだな》だな。そして、もう一つは？」

「あなたたちが、水蜘蛛《くも》と呼ばれる川賊であること」

茉名が、川賊について触れた。音若が引き攣《つ》った顔を向けたが、茉名は平然として六郎右衛門を見据えている。

「ほほう。これは、なるほど。何とも強《こわ》い姫さんだ。わしらが川賊などと」

そこまで言うと、六郎右衛門は懐に潜めていた匕首《ドス》を抜き払い、舟縁に突き立てた。

「こいつを持っていると、短気を起こした時に取り返しのつかねぇことになっちまう。それで、どうなんだい？　わしは耳が遠いからよ。よく聞こえなかったわ」

「朱に交われば赤くなると申します。外記を倒したあとの藩政に、賊を加えることは出来ません」

再び茉名は、臆《おく》せずに断言した。

「賊かわしらは。まぁ、そうだろうな。重い年貢に喘《あえ》ぎ、飢えない為に始めたことだが、武士から見れば賊だろうよ。それは否定しねぇ。ならよ、わしらから年貢と称して働きの上前をハネる、そんなお前たちは賊じゃねぇのかい？」

「賊です。執行外記が、まさにそうでしょう。知らぬこととはいえ、黙認していたわたくしも、賊の誹《そし》りを受けても仕方ございません。ですが、それを変える為に決起したのです」

「それは御大層なお志よ」

「あなたたちが改心し、足を洗うというのなら、わたくしも考えましょう」

「おいおい、足を洗うだって？」

「ええ。川賊をお辞めなさい。前非を悔い船頭に戻れば、津島屋と組んで、蓮台寺の河川舟運を任せないこともありません。船荷の取り扱いは津島屋、実際の操船はあなた方。水蜘蛛と呼ばれる方々であれば、船荷の護衛ということもできるでしょう。津島屋も腕のいい船頭ならば喜んで迎えるでしょうし、わたくしが口添えいたします」

茉名は、暫《しば》し六郎右衛門と睨《にら》み合った。その光景に、求馬は息を呑《の》んだ。

（これが、吉宗公譲りの覇気……）

加えて茉名には、誰もがひれ伏してしまう威厳もある。これが生まれ持った資質なのか、茉名がこれまでに育《はぐく》んできたものか。どちらにせよ自分には無いもので、微《かす》かな羨《うらや》ましさを求馬は覚えた。

「全く、この姫さんは。命知らずにもほどがあるってもんじゃねぇかい？」

利根川を荒らし、水蜘蛛を率いてきた六郎右衛門が先に目を逸《そ》らした。

「命は惜しくありませんが、今は死ねません。ですから、わたくしに従いなさい。領民と藩《くに》の為には、あなた方の助けが必要なのです」

六郎右衛門は哄笑《こうしょう》し、突き立てていた匕首に手を掛けた。求馬の眉《まゆ》が、意に反してピクリと動いた。

「ならば、もう必要ねぇな」

と、六郎右衛門は匕首を抜いて川に投げ捨てた。

「こんな小娘に、わしが説き伏せられるとは。……いいだろう。足を洗って、姫さんに従ってやる」

求馬と音若は、思わず顔を見合わせていた。まさか、こんなことになろうとは考えもしなかった。

「ちょうど、公儀や関宿藩の締めつけが厳しくなったからよ。川賊も潮時かと思っていたところさ。まさに、渡りに船だ。いや、渡らせるのはわしらか」

求馬は安堵《あんど》して、大きな溜息《ためいき》を吐いた。それにしても、茉名である。強心臓というべきか。向こう見ずというべきか。とんでもない人だと、求馬は思った。

＊＊＊

利根川を渡ったのは、翌日の夜明け前だった。

追跡を躱《かわ》す為に、払暁前の濃い闇の中での渡河にしたのだ。

茉名の気っ風に惚《ほ》れ込んだ六郎右衛門は、利根川を下って鬼怒川を遡上《そじょう》し、そのまま蓮台寺城下に入ると申し出たが、それでは遠回りになるし、いざという時に逃げられないと茉名が断った。

だが渡河するまで、茉名と六郎右衛門は色々と話し合っていた。詳しいことは、外記を倒してからということになった。あれこれ決めたところで、今は絵に描いた餅《もち》でしかない。

さしあたり六郎右衛門は、手下たちを集めて川賊から足を洗うことと、茉名に従うことを説き伏せるつもりだと言った。

ともかく、予想外の仲間を得たことは、茉名の今後に大きな力となるだろう。茉名にとって良いことであれば、自分にとっても喜ばしいことである。

名残惜しそうにする六郎右衛門と一味たちに別れを告げ、求馬たちはふたたび三人になった。

次の目的地は、下妻《しもつま》である。藩主家たる井上家《いのうえ》は、少弐家と親戚《しんせき》筋にあたり、当代の井上正意《まさむね》と資軌は昵懇《じっこん》の間柄。特に正意の方が資軌を尊敬し、大名としての手本としていたらしい。また、二人は江戸で何度も会っていたようで、それは停滞した藩政をどう切り拓《ひら》くか？　を話し合う為だったということだった。蓮台寺藩は一万二千石であり、下妻藩は一万石。藩主の立場も似ているところがある。

そうした関係から、意知の仲介で仙十郎が下妻藩上屋敷で正意と面会し、協力を約していた。

「しかし、そのお殿様は国許《くにもと》にいないのでしょう？」

その下妻を目指す途中、茶屋の縁台に腰掛けた求馬が、茶を啜《すす》りながら訊《き》いた。

茶の他には、草団子が一本ずつ。その他、もしもの為に豆餅も包んでもらっている。

「ええ。ですが、正意どのより、国許へ命を下しておりますし、菅山勘解由《すがやまかげゆ》という家老が手筈《てはず》を整えてくれていると聞いております」

「ならば、良いのですが」

「何か引っ掛かるのですか？」

「いや、六郎右衛門さんが言っていたでしょう？　外記から俺たちを捕らえるようにと、通達があったと。ならば、下妻藩にも伝わっていても不思議じゃありません」

「それならば、心配いりません。菅山勘解由は、若き正意どのを支える忠義の士。しかも大変な切れ者で、今は財政を立て直す為に奔走していると聞き及んでいます。

ねぇ、そうでしょ？」

　と、茉名が音若に話を振った。

「えっ、えぇ……。仰《おっしゃ》る通りの評判で、義侠心《ぎきょうしん》も厚く民の為の政事を心掛けていると言われておりますので、そう心配はいらぬかと思われます。それよりも、城下に刺客が潜んでいることは注意が必要でございましょう」

「当然、外記は資軌様と正意様の関係を見抜いているってわけですね」

　音若が頷《うなず》き、「藩としてでもなく、やくざ者などが動いていることも」と付け加えた時、一人の虚無僧が縁台に腰掛けたので話を止めた。求馬のすぐ隣。虚無僧は深編笠《ふかあみがさ》を取らぬまま、茶に手を伸ばした。

「余計な面倒に巻き込まれたようだな」

　虚無僧がぼそりと言った。やや高いが、冷たく突き放すような声色だった。

「鬼猪一家が、お前たちを血眼で捜しているぞ」

「誰ですか、あなたは？」

　求馬が質問をすると同時に、茉名と音若が立ち上がって一歩跳び退いた。求馬は、虚無僧の横で座ったままである。

「公儀裏目付《こうぎうらめつけ》。監視役と思ってもらって構わぬ」

「意知様が放ったものですか？」

「もっと上だ。だが、我らの存在は知っている」

意知の上と言えば、意次のことであろう。事の次第がどうなるか、目付を放って見届けようとするのは理解できる。

「さて、その言葉を額面通りに受け取るべきか悩みますね。俺はこの旅で、坊主は信用するなって学んだばかりなんですよ」

「あの刺客か。音若が傍にいながら、あれぐらいの殺気を見抜けないとは情けない」

「嫌な言い方ですね。何様なんですか？」

求馬の問いに、虚無僧が鼻を鳴らした。

「それでも音若さんとは仲間なのでしょう？」

「仲間？　冗談はよしてもらおう。裏目付は、ただの密偵とは違う。公儀より選ばれた家門より相伝、選別された精鋭よ。音若は氏素性も知れぬ野良《のら》の忍びで、言わば夜盗、コソ泥の類《たぐい》。仲間などと言われると片腹痛いわ」

「おやめなさい」

突然の一喝だった。全員の視線が、頬を紅潮させた茉名に向けられた。

「その言、聞き捨てならぬ。音若は身を挺《てい》し、わたくしを守ってくれた勇士である。

陰でこそこそと見ているだけの者に笑われる筋合いはない」

「これは、怖や怖や。御姫様《おひいさま》のきついご気性は存じていたが、これほどまでとは」

虚無僧は乾いた笑い声を上げながら、銭を置いて立ち上がった。

「ここから先、執行外記の刺客が貴公らを待ち構えている。せいぜい励むことだな、筧求馬」

裏目付が去ると、音若が茉名に頭を下げた。

「申し訳ございやせん。あっしなんぞの為に。あのぐらいの罵詈雑言《ばりぞうごん》は慣れておりますのに」

茉名は笑顔で首を振ると、音若に顔を上げるように促した。

「そんなものに、慣れてはいけません。だってあなたは、十分に働いていますもの。あれが公儀の精鋭など聞いて呆《あき》れます」

それから茶屋を出て暫《しばら》く歩くと、ずっと遠くに見えていた筑波山が、随分と近くなった。それだけ蓮台寺が近くなったということだろうか。

千住《せんじゅ》から喜連川《きつれがわ》を繋《つな》ぎ、奥州《おうしゅう》街道へと合流する下妻街道は使わず、農道や荒れ道を辿《たど》って、求馬たちは下妻藩の城下町を目指した。

下妻藩一万石の城下町は、真っ平な関東の原野に突如として現れたかのような町だった。或《あ》るいは平野という水面《みなも》に浮かぶ、島とも称することが出来るだろう。不思議な感覚で、目の錯覚にも思えた。

石高は一万石で、一石でも欠ければ旗本に格下げというだけあって、城下町の規模は小さい。城下のすぐ傍まで田畠《たはた》が広がっていて、藩庁たる下妻陣屋の傍に武家屋敷や町家が密集している。一見して長閑《のどか》ではあった。

ここから蓮台寺藩は近い。ただそこでは、外記が刺客を伏せて待ち構えているはず。決戦を前に、最後の休息となるであろう。

（しかし、大丈夫だろうか）

と、求馬は心中で疼《うず》く一抹の不安を直視した。

考えたくはないが、下妻藩が外記と通じていないとも限らない。茉名が言うには、正意は資軌に心酔していたというし、恐らく外記の誘いには乗らない。また国許にいる首席家老・菅山勘解由は、忠義一徹の男らしく正意を蔑《ないがし》ろにするような行いはしないはず。いや、この前提も誤っているかもしれないが、少なくとも茉名も音若もそう言っていた。

しかし、他はどうだろうか。

（無いとは言えない）

外記が大金をちらつかせて、藩士たちを転ばせるということは十分にあり得る。信じられる確証が無い。

「茉名さん、このまま蓮台寺に向かうというのはどうでしょうか？」

勘解由の屋敷を目指し、下妻の城下町を歩きながら求馬は訊いた。今更ながらと思ったが、提案だけはしておこうと思ったのだ。

「何故でしょうか？」

思わぬ申し出だったのか、茉名が歩みを止めた。先導していた音若も、何事かと振り返った。

「ここから蓮台寺へは、そう遠くもありません。このまま進んでどこかで野宿すれば翌日、無理をすれば今日中にも城下へ入れます。蓮台寺へ急ぐ今、ここで足を止めるのもどうかと」

「……求馬どのの言う通りではありますが」

と、茉名は音若に目くばせをした。説明をしろということなのだろう。

「求馬様。下妻藩の協力は意知さまの仲立ちによるものなのでございやす。それに少弐家と井上家とは縁戚《えんせき》でもございやすし、下妻城下を素通りしてはこの後に響くかもしれやせん」

「確かに、井上家だけでなく意知様の顔に泥を塗りますね」

「それとも、求馬どのには何か懸念があるのでしょうか？」

茉名の問いに、求馬は答えを言い淀《よど》んだ。下妻藩が裏切るかもしれない、という漠然とした不安を言えるわけがない。もし言えば、茉名は目を吊《つ》り上げ、その理由を訊《き》いてくるであろう。しかし、裏切る確証などどこにも無いのだ。

「いえ、何となくそう思っただけですから」

求馬はそう言って、再び歩こうと促した。

音若が言っていた通り、外記を倒した後のことを考えれば、下妻城下を素通りしては差し障りが出るのは理解できる。話せばわかりそうな意知はともかくとして、正意や勘解由、或いは下妻家中は「我々を信用しないのか」と憤慨するであろう。

裏切る確証は無い。しかし、裏切らないという確証も無い。

（この旅で、俺は用心深くなったのか、疑い深くなったのか……）

嫌な性格になったとは思う。それが成長なのかどうかは置いておいて、茉名を守る為ならば、人と言葉と情勢を見極める眼が必要なのだと、求馬は学んだ。

＊　＊　＊

勘解由の屋敷は、下妻陣屋から然程《さほど》遠くはない武家地にある。重臣たちが住まう地区なのか、立派な屋敷が立ち並んでいるので、一見してどれかわからない。音若も漠然としか把握していないらしく、求馬は土地《ところ》の者に訊いて、やっと辿り着くことが出来た。

時刻は昼下がり。昼の八つぐらいだろうか。まだ陣屋を下がっていない時刻かもしれないが、求馬は茉名と共に訪《おと》ないを入れた。

まず現れたのは若い家人で、茉名が姓名を告げると、若い家人は慌てて中年の男を連れてきた。

この中年は、菅山家の用人と名乗っていて、仔細《しさい》は承知していたようである。茉名が名乗ると、「全て承っております」と客間へと案内した。

用人曰《いわ》く、勘解由は陣屋にいるそうだが、遣いを走らせているという。前々から、茉名が現れたらそうせよと、命じられていたそうだ。

通された客間で、求馬は茉名のやや後ろに控えた。何かあれば、身を挺して守れる位置。音若は遠慮して庭で待っている。

勘解由が戻ったのは、それから四半刻後《しはんときご》だった。力強い足音と共に、裃《かみしも》姿のまま勘解由が部屋に飛び込んできた。

「いやぁ、お待たせして申し訳ございませぬ。下妻藩家老、菅山勘解由と申します。どうぞ、お見知りおきを」

勘解由は四十絡みの、精悍《せいかん》な男だった。陽に焼け、肩幅も広く、がっしりとしていて、身体の弛《たる》みはどこにもない。年齢を重ねても、鍛錬を怠っていないことが窺《うかが》える。

それに加え、声も大きかった。それは自信の表れであろう。働き盛りの、押し出しのいい印象は、正直に言って苦手な類《たぐい》の男だった。

「詳しい事情は、我が殿より承っております。主家を蔑ろにする奸臣《かんしん》の跳梁《ちょうりょう》、決して他人事《ひとごと》ではございません。下妻藩としても菅山家としても、最大限のご助力をいたしましょう」

「それはありがたいお心遣いでございます。家の恥を晒《さら》すようなことになってしまい、またそれだけでなく救いの手を差し伸べてくださって、何とお礼を申していいか……」

「なんの。武士は相身互いと申しますゆえ。それよりも、ここまで厳しい旅であったでしょう。執行外記は、茉名様に刺客を放っていると聞き及んでおります」

そうした会話に耳を傾けつつ、求馬は周囲に気を配った。討手を伏せている気配は感じられないが、何が起こるかわからない。

「優秀な護衛はいらっしゃるようではございますが」

と、勘解由の眼が求馬に向いた。求馬は、ハッと我に返って慌てて目を伏せた。

勘解由は、周囲を探る素振りを見せた求馬に気付いたようだ。それでもなお、白い歯を見せて笑っている。大人の余裕であるが、どこか馬鹿にされたような気もした。

「ええ、厳しいものではございました。それに江戸で生まれ育ち、一度も国入りしたことのないわたくしには、学びが多い旅となっております」

「なるほど、学びでございますか？」

茉名がこくりと頷《うなず》いた。

「民、というものを今までは知りませんでした。道中、厳しい生活を強いられる民の姿を目の当たりにして、為政者が何をなすべきか少しだけわかった気がいたします」

「為政者が何をなすべきか……。茉名様は、それは何であると思いましたか？」

「民の安寧を守ること。豊かにすること。少なくとも、危険に怯《おび》えず、笑って生きていける、そうした環境を作ることが藩《くに》を率いる者の使命かと」

その答えに、勘解由は満足そうに深く頷いた。

「全くその通り。ただ果たして、そのなすべきことを知っている者が、当世でどれだけいるのか……」

「だからこそ、執行外記のような者が跳梁するのです。それを許した、わたくしども少弐家もまた、その使命を見失っておりました」

「ですが、気付かれたのです。あとは民の為に、励むだけでございましょう」

茉名は揺るぎない視線を勘解由に向けつつ、「その為に、身命を賭《と》する所存でございます」と、力強い言葉で言い切った。茉名が危険を冒してまで蓮台寺を目指すことも、身命を賭している証拠の一つだ。

「その覚悟、胸に響きますな。当家は厳しい財政難の最中《さなか》にあり、今は必死で立て直しをしております。私も民に安寧な生活を約束し、豊かにすることが使命と信じておりますので、その為に身命を賭しております。いくら汚名を着ようとも」

「汚名ですか？」

「覚悟の話ですよ。我らが望むものは、天から与えられるものではありません。汗水を流し、汚泥に身を投じて初めて得られるものでございますから。時として、この手を汚すこともあろうという話です」

「わかる話です。しかし大義の為とは言え、不正を是としては藩政がいずれ」

「そうです」

勘解由が茉名の言葉を遮った。

「ですから、手を汚すのは臣たる者の務め。そして主君は、全てが終わったのちに、手を汚した家臣の罪を問うて裁けばよいのです。それで藩《くに》の静謐《せいひつ》は保たれます」

「そんな。それでは、藩主家の役割は」

「心の拠《よ》り所でございます。領主として君臨し、民の傍に立っていればよろしいのです。もし主君が不正に手を染めれば、藩内では誰も裁けません。結果として公儀が裁く他になく、そうなれば改易は免れない。そうならぬ為に、家老がいるのですよ。私もその端くれ。いつでも……という覚悟はしております」

求馬は、そうした勘解由の話に聞き入っていた。どこか気に入らないと思っていたが、この男の言葉には真《まこと》があった。そして、祖父・宮内の教えとも近い。武士の責務。腰の二刀は、民を守る為にある。それを大きな視点、泰平の世で置き換えれば、勘解由の覚悟に通じる。

（この人は信じられるかもしれない）

茉名と勘解由とのやり取りで、何となくそう思えるようになっていた。そこに何の確証も無いが、少なくとも自分の心がそう感じている。

「さて本当でしたら、下妻陣屋に茉名様をお泊めして、藩境までお送りするのが筋ではございますが、当家も中々に複雑な情勢でございまして」

「複雑とは、どのような？」

「茉名様へのご協力は、殿の厳命によって私に届いておりますが、そうした行いを他家への介入だと非難する者もいるのです」

「勘解由どのの政敵というわけでしょうか」

「左様でございます。その一派は、私の面目を潰《つぶ》す為に、執行外記に内応していないとも限りませんし、陣屋内はそうした者も交じっております。ですので、私とは旧知の仲である大庄屋《おおしょうや》・沖野弥兵衛《おきのやへえ》なる者のお屋敷へご案内しようかと思いますが、よろしいでしょうか？」

「異論はありません。我が身は菅山どのに預けているのですから」

＊＊＊

弥兵衛の村は、下妻城下から東に十町ほど行ったところにある、糸繰川《いとくりがわ》沿いの村だった。

野良《のら》仕事に勤《いそ》しんでいた百姓たちが片付けに追われ、その間を子どもたちが、赤とんぼを追って駆け回っている。夕暮れ時の穏やかな風景だった。

その村でもひと際立派な百姓家が、弥兵衛の屋敷だった。取次は案内をしてくれた菅山家の用人がしてくれ、奥からすぐに弥兵衛と思われる男が現れた。

「ようこそ、おいでくださいました。一通りのお話は菅山様よりお伺いしております」

弥兵衛は初老の男で、人当たりの良い大人だった。なんでも、勘解由が推進する改革、特に財政再建には賛同していて、大庄屋の立場から協力しているらしい。身分こそ百姓であるが、勘解由の側近とも呼んでいい人物だという。

そうした話は、出立前に勘解由自身が語ってくれた。「弥兵衛抜きでは、民情の回復は見込めない」とまで言っていたので、随分と見込まれているのだろう。

その弥兵衛の屋敷に、今日は一泊をすることになった。すぐに熱い風呂《ふろ》と、温かい飯が用意された。こうして息を抜けるのも、随分と久し振りのように感じる。酒も用意すると言ったが、それは断った。酒は弱いし、旨《うま》いとは思えない。音若も同じだった。

「左様なご事情だったのですね」

夕餉《ゆうげ》を終えたあと、弥兵衛が勘解由を取り巻く現状、中でも政敵について教えてくれた。

勘解由の敵は藩主家の一門衆で、血筋を理由に長く藩政を壟断《ろうだん》してきた。好き勝手に政事を動かしてきたことが祟《たた》って、先代藩主・井上正辰《まさとき》の時代に、百姓たちによる愁訴事件が起きた。

当時の執政府は有効な解決策を見出《みいだ》せず、しかも幕府の知られるところになり、治世不良を咎《とが》められたことをきっかけに、今まで黙っていた勘解由など若手藩士が一斉に決起。正意を担ぐことで守旧派に勝利したが、いざ政権を獲《と》ってみると、そこにあったのは破滅的な財政だったという。

「財政改革と民情回復。勘解由様は、重過ぎる難題を背負うことになってしまわれたのです。御覧の通り明るい性分ですので、そんな素振りは見せないのですが、中々にお辛《つら》い立場ではございます」

「そうでしたか。ご本人にお聞きしましたが、菅山どのを非難する声もあるとか」

真剣に話を聞いていた茉名が、質問をした。求馬は傍にいて、ずっと聞き入っている。

「ええ。一門衆は失脚しましたが、その胞子は依然として残っており、むしろその芽は伸びつつあるのでございます。菅山様の活躍を妬《ねた》む一派が水やりをしていると、私は考えております」

「嫌なものですね」

それ以上、茉名は何も言わなかった。その理由は何となくわかった。下妻藩の現状が、蓮台寺藩と酷似しているからだ。しかも、立場を逆にして。

蓮台寺藩の内情については、意知から説明を受けたし、道中で茉名にも話を聞いた。それによれば、蓮台寺藩は門閥が藩政を牛耳り、どんなに能力があっても、家柄や門閥の引きがなければ、出世を望めなかった。

そうした現状を、力で変えたのが外記だったのだ。下士の身分から成り上がり、門閥を倒して、身分や家門に囚《とら》われない人事を断行。それだけみれば見事な改革かもしれないが、外記はかつて倒した門閥になろうとした。その結果が外記の独裁と、執行派の跳梁《ちょうりょう》。また茉名を支える仙十郎にしても、他の就義党にしても、門閥の出身である。傍目《はため》からは、執行派と門閥派の争いにしか見えない。

その点について、茉名が悩んでいるのが見て取れた。外記を倒したあと、また門閥派が牛耳るようでは駄目なのだ。ではどうするか？　妙案は浮かばないが、茉名ならばこの旅で何か摑《つか》めるかもしれないと、求馬は思っている。

「求馬どの」

弥兵衛が去り、二人になると茉名が声を掛けた。

音若は部屋の外にいて、誰も近づかないように気を配っている。

「わたくしは、少しだけ自分の正義が揺らいでいます」

「どうしたんですか、急に」

「弥兵衛どのの話を聞き、つくづく思ったのです。果たしてこの道が、領民にとって、より良き道なのかと……」

求馬は暫《しば》し沈思したあと、「茉名さん」と切り出した。

「俺には難しいことはわかりませんし、蓮台寺藩について殆《ほとん》ど知りません。でも、ひとつだけ言えます。より良き道なのかどうか？　ではなく、より良き道にするかどうか？　なんですよ。外記は、倒さなければなりません。悪政を布《し》き、茉名さんの兄上を殺《あや》めたのですから。ですが、その後をどうするのかは自分次第。茉名さんしか、その舵取《かじと》りを許されていないのです」

「わたくしが、より良き道にするのですね」

「そうです。俺は人を斬りました。その責任は負っているつもりです。茉名さんも、この騒動の渦中にいるのですから、その責任として藩政を刷新し、領民を豊かにする義務があると思います。道を選ぶのではなく、道を切り拓《ひら》く。俺も協力しますから」

　求馬がそう言うと、茉名が「弱気になってはいけませんね」と、笑顔を見せてくれた。久し振りに、茉名が笑ったような気がすると、求馬は思った。

＊　＊　＊

　その夜だった。

　屏風《びょうぶ》を隔てて、茉名と同じ部屋で休んでいた求馬は、暗闇の中で目を覚ました。

（誰かが近づいてきている）

　また、あの勘である。複数の気配。そして明確な殺気。求馬は跳ね起きると、音若が見計らったように部屋に入ってきた。

「どうやら、罠《わな》にかかっちまったようでございやすね」

「ええ。かなりの数と思います」

そうしたやり取りで目を覚ましたのか、屛風の奥から茉名が顔を出し、「どうしたのですか？」と訊《き》いた。

「敵です。すぐに身支度を」

とは言ったものの、いつでも逃げられるように、寝間着にはならず旅装束のまま。求馬は脚絆《きゃはん》・手甲をしたままで眠っていたし、音若に至っては素早く黒装束に着替えている。

「しかし、どうして敵がここに？」

「それは下妻のお殿様か、勘解由殿に訊くしかありませんが、それは後回しです。まずは、ここからどう抜け出すか……」

求馬は考えを巡らせつつも、あの時に感じた予感が当たって、もっと強く止めなかったことを悔やんだ。しかし、そうした反省も切り抜けてから。

「求馬様、逃げやすか？」

「相手次第ですけど、俺が敵を引き付けます。その間に、音若さんは茉名さんを連れて逃げてください。その辺の機微は任せます」

「しかし、求馬様お一人でやり合うつもりなんですか？」

「多分ですが、やれます。それに、誰かが足止めする必要がありますし、俺が適任です」

そう言って下げ緒で袖《そで》を絞っていると、茉名が求馬の名を呼んだ。

「無理をしてはなりません。あなたはわたくしに約束したのですからね」

「ええ、わかっていますよ。茉名さんは俺が守ります。こんなところで死ぬのは御免です」

求馬は一笑して大宰帥経平を抜くと、茉名たちに向かって一つ頷《うなず》き、雨戸を蹴破《けやぶ》った。

白刃を手に待ち構えていた刺客たちが、わっと声を上げる。その中に求馬は飛び込んだ。

刀を二度振るった。「うぐっ」という悲鳴が二つ聞こえた。血の臭い。今回は容赦しないと決めていた。生半可なことをしていては、自分が死ぬ。

求馬は正眼に構え、屋敷を背にした。

正面に五人の刺客が、半包囲している。それが二重の円となっているので、敵は十名というところか。全員が武士の風体。それも顔を頭巾《ずきん》で隠している。

（どうしたものか……）

正面の五人が、一斉に斬りかかることはない。同士討ちを避けるならば、精々二人。まずは半包囲を突破することだが、二重の半円を抜けるには無傷ではいられないかもしれない。

「やれ」

どこからともなく聞こえた声に呼応して、両端の二人が斬り込んできた。

求馬も大きく踏み込む。背後からの斬撃《ざんげき》を感じつつ、向かってきた一人の胴を抜くや、その奥にいた刺客の突きを身を翻して躱《かわ》し、何とか半包囲を突破した。

ただ、左の肩甲骨辺りを浅く斬られていた。背後の一刀だろう。やはり避《よ》け切れなかった。

残りは九人。今度は求馬の正面に立ち塞《ふさ》がっている。

（しかし、どうして茉名さんを追わない）

狙いが俺ということはないはず。ならば、他に追っ手を伏せているかもしれない。

となれば、素早く決着をつける必要がある。

求馬は切っ先を下げ、風待ちの構えを見せようとした時、再び刺客が斬り込んできた。

求馬は颯《さつ》の太刀を使うことを諦《あきら》め、向かってくる斬撃に対する防御に切り替えた。下からの斬り上げ。身を反らして躱したが、そこに突き。これも横に跳ぶことで避けたが、そこにも斬撃が伸びてきた。

大宰帥経平で打ち払う。背後から、白い閃光《せんこう》。これは防げなかった。痛みは無いが、ただ熱かった。

求馬も、それに合わせて刀を振るった。鮮血。斬った。殺すつもりで斬った。突きが、頬を掠《かす》めた。更に、もう一つ。躱しつつ、伸びきった腕を斬り上げた。刀を持ったままの腕が、宙を舞った。悲鳴。返す刀で袈裟《けさ》斬りにした。

（俺って奴は……）

今のは不必要だった。両手を刎《は》ねる必要も無かったかもしれない。だが、容赦しては、自分が死ぬ。殺さねば、殺される。糞《くそ》。求馬はただ咆哮《ほうこう》した。

敵が固まっている中に、再び飛び込んだ。刀を振り回した。口の中に、血の味が広がった。鮮血を浴びたのだ。

息が上がりつつある。いくら口を開いても、呼吸は楽にならない。何も入って来ないのだ。

それでも、刀を奮うことを止めなかった。ここで動きを止めたら死ぬ。それは直観的にわかっていた。

呼吸は苦しいが、足は止めなかった。目の前は敵だらけだ。計り知れないほどの敵意、殺気。一つ判断を誤れば確実に死ぬ。

冷たい刃《やいば》が、身体を掠《かす》めた。大丈夫。掠めただけだ。そこで、目の前が暗転した。何も見えない。死んだのか？　と思ったが、身体は何故か動いていた。殺気を感じ、躱《かわ》す。斬風はその後から来た。求馬は気勢を上げて、したたかに刀を斬り下ろした。悲鳴。何か、生温かいものが、頭から降り注いだ。

血だ。片手で顔を拭《ぬぐ》うと、視界がパッと明るくなっていた。

敵が三人になっていた。求馬は、風待ちの構えを取った。風。三つ。風だけではなく、太刀筋も見えた。求馬は風に揺れる柳のように避けると、一息で三人を斬り倒していた。

「お見事なものでござんす」

声が聞こえた。目を向けると、三度笠《さんどがさ》に道中合羽《ガッパ》という、渡世人の風体の男が立っていた。めらめらと燃える闘気。この男も刺客で間違いない。

「あっしは上州無宿、夕凪《ゆうなぎ》の小太郎《こたろう》というもんでござんす」

「あなたも敵ですか?」

「へぇ……左様で。お命、頂戴《ちょうだい》いたしやす。これも渡世の義理と思ってくだせぇ」

小太郎は、長脇差を低く構えた。喧嘩《けんか》剣法だろう。どう出るか。きっと、剣術の常道ではない動きをするはずだ。

求馬は、甘く握った下段、風待ちの構えのまま待った。闇。夜風。他には何もない。目の前の男、小太郎の眼が光った。

(来る)

風を感じた。小太郎が大きく踏み込み、斬撃が来ると思った刹那、その姿が消えた。

自ら地に転がったのだ。そして、起き上がりながら、求馬の足を払うように横一文字に薙《な》いだ。

求馬は、咄嗟《とっさ》に跳んでいた。間一髪。低い風を感じなければ、両脚を失っていたであろう。

跳んだ求馬は、小太郎の背後に降り立つと、振り向いた小太郎の頭蓋《ずがい》を、三度笠ごと両断した。

＊　＊　＊

「求馬どの」

屋敷の方から、茉名が音若と共に飛び出してきた。

「茉名さん、逃げなかったのですか」

「あなたを残して、わたくしたちだけ逃げるはずはありません。そんなことより、怪我は無いのですか？　こんなに血だらけになって」

「大丈夫です。これは返り血ですし、傷も少し手当てをすれば」

求馬の着物は、鮮血に染まっていた。その殆《ほとん》どが返り血であるが、身体にはいくつかの傷を負っていた。どれぐらいのものかわからないが、浅いのだけは確かだ。

「求馬様、屋敷内には弥兵衛の姿がございやせん」

「やはり、弥兵衛も糸を引いていたのですね」

勘解由が茉名の殺害指示を出し、弥兵衛が実行する。この陰謀に正意が加担しているかどうかわからないが、今回のからくりは恐らくこんなものだろう。

「斬りも斬ったり、十三名。これでお前も立派な人斬りだ」

背後から声がした。振り向くと、例の虚無僧が立っていた。その後ろには、数名の忍びが控えている。彼らは音若のように黒装束だが、顔までしっかりと隠していた。

「嫌な言い方をする人だ。どうせ俺たちを監視しているなら、助けて欲しかったですね」

「助けたよ。ここで転がっている連中がお前を引きつけている間に、別の一派が茉名姫を狙って動いた。ここで御姫様《おひいさま》に死なれるわけにはいかんので、不本意ながら助太刀させてもらった」

求馬が音若に目を向けると、軽く頷《うなず》かれた。

「音若も中々に奮戦していたが、人ひとりを守りながら戦うのは骨だったようだ。相手も死にもの狂いだからな」

「そうだったんですか。ならば礼を言わなきゃいけませんね。言いたくはありませんけど」

「これを見れば更に感謝したくなるぞ」

と、虚無僧が手下に合図を出すと、闇の中から男が一人、引っ立てられた。

「どうやら、裏で糸を引いていたのはこの男のようだ。暗殺の成否が気になったのか、少し離れた場所まで出張っているところを捕縛した」

男が顔を上げる。求馬も茉名も、息を呑《の》んだ。男は、菅山勘解由だったのだ。

「何故……。どうしてなのです、菅山どの」

茉名が強い声色で問い質《ただ》した。

「その首に掛けられた賞金に目が眩《くら》んだ、それだけだ。御家の為でも、我が殿の指示でもなく、私個人の欲によるものだよ」

「あなたという人は」

前に出ようとした茉名を、音若が止めた。

しかし、本当にそうだろうか？　という疑問が求馬に湧いた。為政者の責務、武士のあり様を語っていた勘解由の言葉には、確固たる真《まこと》があった。嘘を吐いているようには感じなかった。しかし、今はどうにも言葉が軽い。

「それは、本当なのですか？」

求馬が訊《き》いた。

「その娘の首に、どれだけの大金が掛けられていると思っている？　聞けばお前も、あの白い首を刎ねたくなるぞ。たった一刀で、安楽な生活が保障されるのだからな」

そう言った勘解由を。虚無僧は蹴《け》り倒した。

「この男の言っていることを信じるな。この企ては、蓮台寺藩と下妻藩との取引でな。この男一人の存念ではない。下妻藩主が知っているかどうかはわからぬが、少なくとも、この男の欲得からのものではない」

虚無僧は冷静に言い放つと、懐から証文を取り出した。そこには徳前屋を始め、商家の名前がずらりと併記され、最後に外記と勘解由の名と花押が添えられていた。

「徳前屋を始め、外記の息がかかった大店《おおだな》から多額の融資を受ける条件で、御姫様《おひいさま》の始末を引き受けた、というところだな」

すると勘解由は乾いた声で笑い、「その通りだ」と言い放った。

「私にはこの藩《くに》を立て直す責務があるのだ。その為には、銭がいる。小娘一人の命で下妻の民の暮らしが楽になるならば、何の迷いがあろうか」

「勘解由どの、あなたは」

「私はあなたに言ったはずです。汚名を着るのも厭《いと》わないと。手を汚さねば、得られないものがあるのですよ」

なおも笑う勘解由を、虚無僧の手下たちが引っ立てて、闇の中へと連れて行った。

「この証文は、色々役に立ちます。御姫様が政権を獲《と》ったのち、この証文を理由に名を連ねる商家を潰《つぶ》し、その財を接収する材料になりますからね。一応は私が大切に預かっておきましょう」

「……あなたは、全部知っていましたね？」

証文を懐に仕舞う虚無僧に、求馬は冷たく言い放った。

「いざという時は、救いの手は差し伸べるつもりではあったし、現に助けたではないか」

「人の生き死にが掛かっているんですよ。それをあなたは」

「勘解由が動くかどうか、微妙なところだった。もし動けば、そのことで井上正意を脅し、自派に引き込むことが出来る」

「自派？」

「田沼様の派閥だ。井上家は少弐家と縁戚《えんせき》ではあるが、一橋《ひとつばし》に近しいからな。切り崩す好機だった」

政治だ。田沼派は一橋派と暗闘を繰り返している。その道具に、この戦いが使われたのだ。

足元に転がる骸《むくろ》。全身に浴びた血。傷の痛み。怒りで血が沸いた。求馬が虚無僧に摑《つか》みかかろうとしたのを、音若が咄嗟《とっさ》に止めた。

「ご老中が、単なる人助けで一万石ごときの小名《しょうみょう》を助けるわけがなかろう。様々なものが絡んでいるのだ」

「わかっていますよ、そんなこと。でも俺は、必ずあなたを殴りますよ。それで気が晴れるとは思いませんけど、あなたの動きようでは、この人たちは死ななかったかもしれないし、俺だって人を斬ることもなかった」

「ふふ。それは楽しみにしておこう」

虚無僧が、深編笠《ふかあみがさ》に手を掛ける。するとそこには、二十を超えた年頃の、切れ長の眼を持つ女が現れた。長い髪を、後ろで一つ結びにしている。

「わたしは伊織《いおり》。蒲池《かまち》伊織。公儀裏目付の十人頭だ」

言葉が無かった。まさか、虚無僧が女だとは思いもしなかった。

「男のような名前が、頼りない長兄に代わって、わたしが家督を継いだ時につけられたものだ。……まぁ、殆どの男は同じように驚くものさ」

「まさか、あなたが女だと」

「どうした？　殴らないのか？　女とか男とか、そうした遠慮は無用だぞ？」

「いえ、俺は」

言葉に窮していると、伊織が冷笑を浮かべて視線を求馬の後方に向けた。そこには、浪人が五人ほど立っていた。

「俺が行きます」

求馬は、大宰帥経平に手をやり、ふらふらと向かおうとした。だが、その肩を伊織に摑まれた。

「ここは、我々に任せろ」

伊織が手を挙げると、黒装束の忍びたちが音もなく広がり、浪人たちを取り囲んだ。浪人たちは、慌てて刀を抜く。完全に想定外だったようだ。

「お前がここで死ねば、意知さまに責任を問われかねん。そうなると面倒だ」

「俺に、あなたを信じろと？」

「別に信じなくてもいい。ここはわたしに任せて、お前は下がって治療を受けろ」

と、黒装束の男が求馬の肩に手を置き、「縫いましょう」と囁《ささや》いた。音若も、従うように促す。

「無駄な殺生は避けてくださいよ」

「また甘いことを。散々、お前も斬っただろうに」

伊織の哄笑《こうしょう》を背中で聞きながら、求馬は茉名たちと共に屋敷へと向かった。

幕章　三奸《さんかん》の黄昏《たそがれ》

文机には、帳面や報告書の類《たぐい》が山積みされていた。

茉名の一件で政権が窮地にあっても、藩政は動いている。それを滞らせないことが、首席家老としての責務だった。

雨が降っていた。昨夜から降り出した雨が、夜が明けても止む気配を見せない。

季節は秋が深まり、冬になろうとしている。そろそろ筑波山から吹き下ろす、筑波颪《おろし》の季節だ。この乾いた冷たい風を感じると、外記は火鉢を出すようにしている。

茉名は下妻藩を突破したかと思えば、忽然《こつぜん》と姿を消した。最後に姿を見せてから、二日が経っている。恐らく、何者かが協力したのだろう。派閥の者どもは焦っているが、外記は思った以上に平静を保てていた。どちらにせよ、茉名は蓮台寺へ来るのだ。ならば、ここで姿を消したといえ、城下へ通じる道を押さえていれば、いずれ見つけることが出来る。

（しかし、勘解由の奴め）

下妻藩家老・菅山勘解由は、切れ者の評判高く、実際に外記もこの男の手腕を調査した上で、そう判断していた。故にこちら側に引き込むことに苦労したが、それだけに勘解由ならばと信じていたところがある。

しかし、その勘解由がしくじったとの報告が昨夜遅くもたらされた。茉名たちを巧妙に引き込み、足止めをして襲撃は出来たが、筧求馬という護衛の奮戦で返り討ちに遭ったそうだ。そして勘解由は、翌朝自刃して果てた。介錯《かいしゃく》もなしに、腹を三重に搔《か》っ捌《さば》いていたという。

(主家に累を及ぼさぬ為か……)

忠臣の鑑《かがみ》だ。真っ当な人間でもあるが、それ故に死んだとも言える。隠し通す為に、色々と出来たはずだというのに。

(しかし、身分の壁は厚い……)

たった小娘一人に、ここまでの窮地に追い込まれるなど思いもしなかった。あんな娘に何が出来る、と思っていた。

しかし、娘には血筋があった。それは単に少弐家の姫というだけではない。八代将軍・徳川吉宗の孫だったのだ。

その血が田沼意次を動かし、幕府を動かした。結果として、身分というろくでもないものに圧《お》し潰《つぶ》されつつある。

血筋、家柄、身分。そうしたものが、外記は嫌いだった。反吐《へど》が出る、とも思う。下級藩士の身分に生まれ、門閥を倒して今の地位に辿《たど》り着いた。無能なくせに偉そうにしている門閥が気に入らなかったし、そんな連中のせいで荒廃した藩政を看過できなかった。

能力があるのに、家柄が悪いゆえに出世が出来ない。能力があるのに、士分ではないゆえに場を与えられない。そんな者たちを、大勢見てきた。そうした人材を活《い》かせないから、藩政は傾いていったのだ。

門閥を倒し権力を手にすると、外記は能力主義を採用した。能力さえあればその者に相応しい地位を与えた。では、その能力とは何か？　泰平の世で首を獲《と》る武功には恵まれない。それに代わるものは、銭しかない。

銭を稼ぐ。銭を産む。その能力に秀でた者を、外記は重用した。それが蓮台寺には最も必要だと思ったからだ。

藩政を改革し、思い描く藩《くに》にする為に、外記は手段を選ばなかった。気が付けば、奸臣《かんしん》と呼ばれるようになっていたが、悪党にならなければ藩政を立て直せなかった。いつかは滅ぶ日があると自覚した上で、ここまでひた走ってきた。その日が近付いている予感はあるが、簡単に滅ぼうとは思っていない。最後まで抗《あらが》い、激戦を重ねて旧政権を倒してこそ、摑《つか》む権力に価値があるし、藩《くに》を任せられるというものである。かつての自分が、そうであったように。

暫《しばら》く筆仕事に没頭し、家人が来客を告げた頃には雨が止んでいた。

来客は、徳前屋庄兵衛と楽市の鍬蔵だった。この二人にも、茉名たちの動向は耳に入っている。だからか、客間で待っていた二人は、思った以上に不景気な顔をしていた。

「おいおい、ご家老さんよ。思った以上に追い込まれているじゃねぇか」

開口一番、鍬蔵が口を尖《とが》らせた。外記は眉《まゆ》をピクリと動かし、抗弁したくなったが、それを抑えて溜息《ためいき》を吐いた。

「そのようだな。それどころか、居場所が摑めん。姫らしき娘と若い武士が、とある百姓家で傷を癒《いや》していたという報告はあったが、ここ二日は丸っきりだ」

「ご家老の優秀な密偵でも探り当てられないとなると、相手にもそれ相応の密偵がいるのかもしれませんねぇ」

庄兵衛が口を挟んだ。

「恐らく公儀隠密《おんみつ》だろう。城内では、妙な噂も広まりつつある」

「噂でございますか？」

「姫が田沼意次と組んで、国許《くにもと》に帰ってくる。今のうちにわしを見限れば、処罰されることはない、というものだ。現に派閥の会合では、欠席が目立ってきた」

「ほほう。内側も揺らいできたわけでございますか」

外記は深い溜息を吐いて、顔を軽く横にした。すると、今度は鍬蔵が口を開いた。

「俺たちの手駒も無理だった上に、ご家老さんの策でも仕留められなかった。茉名って小娘は大したもんだな」

「姫というより、その護衛が凄腕《すごうで》だ。筧求馬というのだが、この男が難敵だそうだ」

「ご家老に難敵とまで言わしめるとはな。一体《いってぇ》どんな男だよ」

「わしはよく知らん。だが詳しい者がおる」

そう言うと、外記は人を呼び、旭伝を連れてくるように命じた。

茉名殺害の指図役を命じていた旭伝は、昨日の暮れに蓮台寺に戻っていた。行方を見失ったと知った時点で、帰還命令を出したのだ。

虎髭《とらひげ》の筋骨逞《たくま》しい旭伝が、のっそりと客間に現れた。ここ暫くの間、茉名を殺害する為に風雨の中にいたからか、以前よりも増して荒々しい獣の気を放っている。

「鷲塚、姫の護衛に手こずっているようだな」

「左様で。まだ若造で、見た目は頼りなさそうではありますが、その剣は凄《すさ》まじいものがございます」

「密偵の報告でも、到底強そうには見えぬとあった。どうも覇気に欠けるようだな」

「ええ。ですが、この男は剣鬼と恐れられた、筧三蔵が跡継ぎなのです。どうりで簡単にいかぬとは思いました」

「筧三蔵？」

「深妙流の使い手で、剣鬼と呼ばれた男です。強さだけを追い求める偏屈さ故に、江戸の剣客たちからは忌避されていましたが、拙者は憧《あこが》れすら抱いておりました」

「ふん、剣客同士の艶話《つやばなし》には興味はない。だが、求馬という男はどうなのだ？」

「才能の塊、と評するに値する逸材です。ああいう小僧が、麒麟児《きりんじ》というのでしょうな。最初に手合わせした時は、大したものではありませんでしたが、二度目の対《たい》峙《じ》では別人となっておりました。あの時に始末しておくべきだったと、心底悔やんでおります」

「おぬしが、そう言うほどか」

「剣鬼の子も、また剣鬼だったということでしょう。到底、鬼には見えぬ風貌《ふうぼう》ではございますが」

「ならば、火縄でズドンと撃っちまえばいい。その護衛も小娘も。もうここまでくりゃ、卑怯《ひきょう》だの武士の矜持《きょうじ》だの言ってらんねぇしな」

横から口を出した鍬蔵を、旭伝がひと睨《にら》みした。並みの男ならそれで怯《ひる》みそうだが、鍬蔵も切った張ったの世界で生きてきた男。全く動じる気配はない。

「言うまでもない。人を撃つことも躊躇《ためら》わない猟師を五人ほど雇って試したが、どこからともなく現れた虚無僧どもに、全員始末された。どうやら、つかず離れず見守っている隠密がいるようでな」

それから旭伝は、茉名とは別に蓮台寺を目指している、就義党について報告をした。

就義党は下妻街道を使い、その道中で幾人かは討ち取ったが、首魁《しゅかい》の間宮仙十郎は未《いま》だ健在。楡沼三之丞という浪人の奮戦で、旭伝の手駒も失っていて、こちらは茉名たちよりも早く到着するだろうと語った。

「鷲塚、城下に通じる道筋を全て押さえ、姫の入城を阻止せよ」

「はっ。して、どの道に力を入れましょうか」

蓮台寺の城下に入るには、三つの道筋がある。

まず伊規須街道を使った、最も一般的な街道筋。次が鬼怒川の支流、潤野川を使った水運路。そして、迂回《うかい》した上に険しい峠を越える、笊笥《しょうけ》越え。どれも程よく離れているので、すぐに駆け付けられる距離ではない。

「全てだ」

「全てと。そうなると、人がいります」

「存分に使え。従う者がいなければ、銭を撒《ま》いても構わんぞ。ここが勘所だ」

「承知」

旭伝が出ていくと、外記は改めて庄兵衛と鍬蔵、双方の顔を一瞥《いちべつ》した。

鍬蔵が「なんでぇ、急に改まってよ」と、鼻を鳴らしたが、外記はそれを敢《あ》えて無視した。

「庄兵衛、武具を出来る限り買い集め、舎利蔵《しゃりくら》の下屋敷に運んでくれ」

舎利蔵とは、外記の所領であり、そこに広大な屋敷を下屋敷として構えている。

庄兵衛は突然のことに驚き、何かを言おうとしたが、それよりも前に外記は鍬蔵の名を呼んだ。

「質は問わん。銭で暴れてくれる破落戸《ごろつき》を一人でも多く集めろ」

「おいおい、それは構わねぇがどういう魂胆だ？　まさか挙兵するだなんて言うんじゃねぇんだろうな？」

「挙兵か。それもいいかもしれんが、そこまでの悪党にもなり切れん。だが、どうせ滅びるなら、見事な死に花を咲かせようと思ってな」

滅び、という言葉に二人は動じなかった。ただ庄兵衛は目を細め、一方の鍬蔵は大きく頷《うなず》いた。

「仕方ねぇな。今まで散々いい目を見せてもらったんだ、もしもって時はお供しようじゃねぇか」

鍬蔵はそう言って笑ったが、庄兵衛は外記を見据えたままだ。

「私は商人《あきんど》でございましてね。武士ややくざのように、滅びることに甘い感傷など持ち合わせておらんのですよ」

「ああ、それが真っ当な考えだ」

「だから、最後まで足掻《あが》かせていただきますよ。小娘を斬ればいいだけの勝負なのですから」

「それでいい」

そうは言ったものの、滅びは見えている。この段階で茉名を斬ったところで、状況が変わるとは思えない。幕府は、何かしらの理由をつけて介入してくるはずだ。当初は表向きに出来ない故に、茉名さえ死ねばと思っていたが、茉名の背後にある田沼意次の動きに、この件に対する本気さを感じた。

やはり茉名を捕らえた時に、容赦なく始末するべきだった。茉名を他家に嫁がせばいい、と甘く考えていたのが誤りだった。

(それでも、茉名を斬らねばならん)

斬って終わる話ではなくなったが、それでも斬らねば、こちらの勝ち筋は完全に潰《つい》える。茉名を斬れば、田沼意次が手を引くことが万が一にも無いわけではないのだ。

二人が辞去すると、外記は一人になった。

客間から濡《ぬ》れ縁に出ると、頬に風を感じた。筑波颪《おろし》である。ゆっくりと、そして大きく息を鼻で吸った。冬の匂い。好きな季節だ。

そろそろ火鉢を出そうと、庭から見える蓮台寺城を眺めながら、外記は思った。

第三章　舎利蔵の戦い

1

囲炉裏の炎をみつめていた。

闇の中。梟《ふくろう》の鳴き声と、薪《まき》が弾《はじ》ける音だけが聞こえる。

蓮台寺藩領を目の前にした、とある旗本領。伊織に「ここなら大丈夫だ」と案内された、集落の空き家である。

手痛い裏切りに遭った後だ。求馬は「どうしてそう言い切れるんですか？」と聞いたところ、伊織は不敵に微笑んで、「この集落自体が、我々と同類なのだ」と告げた。

音若曰《いわ》く、全国各地には公儀隠密《おんみつ》の拠点、休息場所となる集落が点在しているらしく、ここもそうなのかもしれない、ということだった。

だからとて気は抜いていないが、茉名は伊織の言葉を信じてか、すやすやと深く寝入っている。

こうと決めたら勝負に出る。信じると決めたら信じ抜く。ここ一番の胆の太さが、茉名にはある。そうした資質は、藩《くに》を率いる者には、必要なのだろう。

それが、自分には無い。どうしても不安になってしまう。伊織は自分たちの為に戦い、手下に命じて傷の手当てもしてくれた。現に今も、外で歩哨《ほしょう》を立ててくれている。それでも裏切らないかと不安になって、中々眠れずにいた。

（やっぱり俺は臆病《おくびょう》者だ……）

求馬は、大宰帥経平を抱いてごろりと仰臥《ぎょうが》した。

長い旅をしているような気分だった。無外流花尾道場での代稽古《だいげいこ》の帰り、雉子ノ宮の杜《もり》で襲われていた茉名を救った。あれがずっと昔のように思えるから不思議である。

茉名を救いたいと思った。そうすれば、自分は変われるかもしれない。かつて、己の無力さ故に、人を死なせてしまった。もう二度と、そんなことを繰り返したくはなかったのだ。

あれから、戦いの日々が始まった。人を斬った。死にそうにもなったし、傷だらけだ。だが相次ぐ実戦で、腕は上がったと思う。人を見る、ということも覚えたし、少々のことでは動じなくなった。だが、それでも本性のところは変わらないし、今でも臆病なままだ。

しかし、これからどうなるのだろうか。ここまで目の前の敵と、茉名を蓮台寺に連れて行くことに夢中で、先のことは考えなかった。

茉名を蓮台寺に連れて行き、外記を倒したあと、自分はどうなるのだろうか？という不安が、頭にちらついた。

江戸に戻ることになるだろう。そして、公儀御用役を続けるかどうか、意知に聞かれるはずだ。

弱き者、民百姓の為に働く役目。武士が持つ、本来の義務を果たす職務だ。言わば世直し。それが公儀御用役だと、意知は言った。

きっと、厳しい任務もあるのだろう。人を斬るであろうし、命を狙われる。世直しの為に、手を汚し続けることになる。

（それに、俺は耐えられるのか）

だが、もし自分が断れば、誰かにお鉢が回ってくる。俺にはその力があるというのに、それは逃げになりはしないか。

「腰の二刀は、弱き者を守る為にある。武士が米も作らずに偉そうにしているのは、いざという時に死ぬためだ」

亡き実祖父・宮内の教えを、呟《つぶや》いてみた。

この遺言で大宰帥経平を与えたのも、三蔵に預けて深妙流を伝えたのも、その為ではないか。

「何を今更、迷うことがある……」

だが先のことは、今はいい。まずは茉名を蓮台寺に送り届けること。外記を倒すこと。そして、生きて江戸に戻ること。

兄も嫂《あによめ》も心配しているだろうし、死に顔は見せたくない。何としても生きて帰って、公儀御用役として務めを立派に果たしたと伝えたい。そうすれば、少しは兄夫婦も安心するだろう。そして、道場を続けることを許してくれるかもしれない。

「何を独り言を言っているのですか？」

茉名が身を起こした。

「わっ、起きていたんですか？」

「あなたが、ぶつぶつと言うから、目が覚めたのです」

と、茉名が意地悪気に言った。

「すみません。ふと、今までの旅を振り返っていました。どうも長い旅に感じられて」

「わたくしもです。なんだか、ずっと旅をしているような気分です」

「ですよね。でも、まだひと月も経っていないんですよ」

そのことに、茉名は驚いていた。自分もそうだ。茉名に出会って以降、日付など気にしてはいなかったが、数えるとまだそれほど日は経っていない。

「そんな僅《わず》かな間だというのに、求馬どのは傷だらけになって。元はと言えば、あなたには関係のないことなのに」

「それは言わない約束ですよ。この旅は、俺が変わる為でもあるんです。自分に自信が持てず、肝心な時に怖気《おじけ》づいてしまう。そんな自分が嫌だった。でも茉名さんと旅をしていることで、少しずつ変わったと思えるようになったんです。それに俺のような奴でも、世の中の役に立っていると思える。俺の方こそ、感謝したいぐらいだ」

「求馬どのは強くなりましたね。わたくしは、正直怖いです。国許《くにもと》とはいえ、敵が待ち受けています。これから、どんなことが起こるのかわかりません。不安で不安で、この旅が終わって欲しくないとさえ思うのです」

「茉名さんは、よくやっています。それに相手は蓮台寺を実質的に支配している男です。いわば、敵は一万二千石。そんな男に戦いを挑んだ。それだけでも凄《すご》いことですよ。俺には真似出来ない」

「でも、わたくしは傷一つ負っていない。その代わりに求馬どのが、こんなに」

そう言って、茉名が求馬の腕に触れた。

息を呑《の》み、胸が高鳴った。あまりの動悸《どうき》に、痛みすら覚える。求馬は歯を喰《く》い縛ると、触れた手を取って、茉名の膝《ひざ》に戻した。

「茉名さんは大将なんですから。矢面には立たせませんよ。それに、弱気になってどうするんです。茉名さんは、俺が守ります。たとえ、この身がどうなろうと。だから、堂々としていてください。そして、俺に戦えと命じるだけでいいんです。それで、俺は頑張れますから」

それから暫《しばら》く話をして、二人で横になった。

知らぬ間に眠っていて、眼を覚ますと音若が囲炉裏で何かを拵《こしら》えていた。茉名も既に起きていて、音若の料理を手伝っている。

「すみません、俺寝入ってしまって」

慌てて起きると、茉名がくすりと笑った。

「かまいませんよ。それだけ疲れていたのでしょう。傷はどうなのですか?」

「多少の痛みはありますが、まぁ大丈夫ですよ。旅に支障はありません」

下妻での襲撃から、三日目の朝だった。激しい乱戦で身体のあちこちに傷を負い、伊織の手下から傷の縫合をしてもらったり膏薬《こうやく》を塗ってもらったりした。痛みは当然あったし、熱も持っていて、翌日までは満足に動けなかった。だがこの集落に移り、伊織が持っていた薬を飲んだところ、痛みも和らいで熱も引いた。そして今は本調子に近い。

「しかし、無理に動くと傷が開きやすすよ」

今度は音若が口を開いた。匕首《ドス》を使って、何やら野草を切っている。

「晒《さら》しをきつく巻いているので、心配はないです。それよりも、いい匂いですね。腹が減りました」

と、求馬は囲炉裏に掛けられた鍋《なべ》をのぞき込んだ。

味噌《みそ》のいい香りがする。具は卵と豆腐。そこに、切った野草が入るのだろう。音若はこの野草を、傷を癒《いや》す薬にもなるのだと説明した。

「雑炊です。わたくしも、手伝ったんですよ。味付けとか、卵を溶いたり。求馬どののように、上手ではないかもしれませんが」

「茉名さんが、作ったんですか？　それは楽しみだ。でも、よく材料がありましたね。米も味噌も」

「へぇ。それが、集落の長《おさ》が分けてくださったんで。どうも伊織殿に頼まれたようで」

音若が、等分に切った野草を鍋に入れ、蓋《ふた》をした。

「全くあの人は。優しいんだか、そうではないんだか」

「伊織どのには、自分の役目への矜持《きょうじ》があるのでしょう。わたくしたちが、無事に蓮台寺に入るよう見届けること。或《ある》いは手を貸すこと。それが、あの方の役目であり、完遂することを誇りとしている。だから、優しいとか意地悪とかではなく、そうしないことを、許せないのだと思います」

茉名が言った。

「だから、茉名さんは信じているのですね」

「田沼さまが、わたくしどもの味方である限りは」

茉名が自ら、雑炊をよそってくれた。大名家の姫、それも吉宗の孫娘に給仕をしてもらえるなど、恐らく天下で自分と音若ぐらいのものだろう。音若は終始恐縮し、断ろうとしたところ、茉名に叱られている。

求馬は、熱々の味噌雑炊をゆっくりと啜《すす》った。

味噌の味わい。卵と豆腐の食感。そして、野草の苦み。悪くない。ここに葱《ねぎ》や刻み海苔《のり》を載せられたら、なお良かったかもしれない。胡麻《ごま》油を軽く垂らすのもいいかもしれない。

「どう？」

茉名が恐る恐る訊《き》いてきた。その表情には緊張感があり、求馬は思わず噴き出しそうになった。

「旨《うま》いですよ。旨いに決まっている」

求馬はそう言って、雑炊をかき込んだ。

店に行かない限り、飯は基本的に自炊をしていた。だから、誰かが作ってくれる飯はありがたいし、大抵旨く感じる。それに、茉名が作ったのだ。不味《まず》いはずがない。

三人で囲炉裏を囲み、味噌雑炊に舌鼓を打った。暫く振りの穏やかな時間。話題は、音若の生い立ちになった。

これまでの道中、求馬や茉名の身の上話はしてきたが、音若の話は全くと言っていいほどしてこなかった。

音若について知っていることは、彼が百面《ひゃくめん》と呼ばれるほど変装の達人であり、凄腕の密偵、そして忍びであることぐらいだ。

音若は「あっしの話なんぞ、景気が悪いだけで面白くございやせんぜ」と軽く断ったが、茉名がそれを許さなかった。

「わたくしを守ってくれる者がどんな人なのか、ちゃんと知っておきたいのです」

結局、その一言に音若は折れた。

「あっしは旅一座の生まれでございましてね。物心がついた頃にゃ、旅から旅の根無し草でございましたよ。方々で軽業や芸を見せる傍ら、忍びの術《わざ》も道中で仕込まれやした。そして土地《ところ》の有力者に呼ばれては、銭で様々な仕事を請け負いましたねえ」

「それはどんな？」

「おっと、そんなこたぁ茉名様でもお答え出来やせん。忍びの義理ってもんもございやすし、何よりそこは茉名様が〔知らなくていい世界〕でございやす」

何となく、その世界がなんであるか求馬にも想像がついた。茉名も頷《うなず》いたので、ある程度は理解したのだろう。

「それで十七の時に、一座《ヤマ》が解散しやしてね。解散というより、潰《つぶ》されたと申しやしょう。とある大名家で仕事を踏んだ時に、口封じに遭ったんで。どうも御家存続に関するものでございやして、あっしは這《ほ》う這《ほ》うの体で落ち延び、そっからは……まぁ前途ある若人《わこうど》にお話しするのは止《よ》しときやしょう。ただ、数年前にあっしは相良で田沼家の城代家老・三好四郎兵衛《みよししろうべえ》様に拾われましてね。三好様は廻船《かいせん》問屋の生まれでございますし、中々に砕けた人物。田沼様の下には、旗本の部屋住みや浪人、百姓など色んなご身分の方がございまして、そうした水が合ったのでございましょう。仕事を重ねていくうちに見込まれ、今は意知様の下で働いておりやす」

「それでは、今は田沼家の家人なのですか？」

求馬が訊いた。確か楡沼が、音若は報酬の為に働いていると言っていた気がする。

「いやいや、あっしはそんな大層なものじゃございやせん。そりゃ、中には家臣になる忍びもございやすが、もしも敵に捕らえられ家臣の身分が知れた時、大変なことになりやすからね。家臣であるかどうか、心の中で思っていればいいのです。なので、あっしは銭で買われた走狗《いぬ》のままでございやすよ」

「心の中で」

「へぇ。あっしは田沼様の下で働くようになり、こんなチンケな男ではございやすが、自分を多少は誇れるように思えてきたんでございやす。そりゃ若い頃にゃ、自分が背負った星ってぇもんを恨みもしやした。どうして、あっしは武士でも百姓でもなく、こんな根無し草に生まれたんだろうって。無理に術《わざ》を仕込まれたと思えば、切った張ったの修羅場《しゅらじょう》に投げ込まれ、一座が無くなりゃ生きる為に口に出せないこともしやした。でも田沼様にお会いし、『罪滅ぼしと思って、世の為に働け』と言われた時、あっしはこの為に生きてきたんだって悟ったのでございやす。ああ、当然これが都合のいい身勝手な解釈なのは重々承知しておりやすよ。あっしの悪事に巻き込まれた人にとっちゃ『何を寝言を言ってんだ』って具合でしょう」

音若の話は、それで終わった。

過去に何をしたのか、具体的なことはわからなかったが、その生まれには暗くて苦しいものがあるとわかったが、嫌いにはならなかった。むしろ今以上にこの男が好きになった。背中を預けられる、相棒のような感覚すら覚えている。

雑炊を食べ終えると、伊織が現れた。もはや虚無僧の恰好《かっこう》ではない。若衆髷《わかしゅまげ》に結いなおした武士姿である。鋭く冷たい視線を持つ伊織の男装は、ぞくりと来る妖《あや》しい美しさがあった。

「蓮台寺に潜入していた手の者から報告が入った」

その伊織が、立ったまま言った。

「執行一派は、蓮台寺城下に入る三つの道を全て押さえるようだ」

三つの道とは、伊規須街道、その裏街道とも呼べる笊笥《しょうけ》越え、そして潤野川の水運路。その中でどれを選ぶか、そろそろ決めなければならなかった。

「やはり、その手を打ってきましたか」

茉名が言った。

城下への道を張るというのは、想定内のことだった。城下に入れば、大それた行動は起こせないし、状況は大きくこちらに傾く。つまり城下に入る手前が、外記の最終防衛線なのだ。

「姫、これから我々は笊笥峠から蓮台寺へ入ります。城下で色々とやることがございますので」

「そうですか。伊織どのが峠路を選ばれるのなら、わたくしたちは伊規須街道か、潤野川でしょうか」

「舟はいざという時に逃げ場がございません。姫は明日の朝、伊規須街道から城下に入っていただきたい」

「明日なのですか？」

「ええ。明日の朝でございます。求馬の傷の具合を考えれば、今日いっぱいは無理はさせられません。なので明日の朝、城下に入るぐらいに出発していただければ」

茉名が意見を求めるように目を向けたので、求馬は頷いて見せた。

伊織の言葉には、有無を言わさないものがある。何か腹積もりがあるのだろう。

「ここは伊織さんに従いましょう。それに、あと一日ぐらい養生したいところですし」

伊織の冷たい視線が、求馬に向いた。その眼は「こちらの意図が伝わったな」と言いたげだった。

伊織には、何か考えがある。なので茉名を従わせる為に、わざわざ傷の具合に言及したのだろう。でなければ、伊織が傷を気遣うようなことを言うとは思えない。

「弁分神社で待つ就義党には、我々から伝えておきます」

伊織が茉名に頭を下げ、空き家を出て行った。

「伊織さん」

その背を追って、求馬は外に出た。

伊織が、手下たちを集めていた。それぞれ思い思いの装束をしていて、男だけでなく、茉名に似せた着物姿の娘もいる。

「どうした？」

「お礼をまだ言ってなかったので。傷の手当ても、薬も。そして、ここで休めるのだって伊織さんのお陰です」

「ほう。わたしに礼を言ってくれるか」

「当然です」

「わたしを殴るとか言っていたのにな」

「それは」

するとと、伊織は一笑した。

「構わぬ。わたしは自分の役目を果たしているだけだ。礼を言われるまでもない」

「それでも、『ありがとう』と言いますよ。人として当たり前のことですから」

「人として当たり前……か」

その言葉を、伊織はゆっくりと咀嚼《そしゃく》するように呟《つぶや》いてみせた。

「求馬。お前とは、ここでお別れだ。我々は監視役であったが、外記相手に別の役目を新たに課せられたのでな」

「それはどのような？」

「言えるわけがなかろう。我々は公儀裏目付ぞ？」

「では蓮台寺で会えますか？」

「それはお前の頑張り次第だな」

そう言った伊織は軽く笑って、踵《きびす》を返した。

＊　＊　＊

夜明け前に集落を出た求馬たちは、伊規須街道に出た。

ここから蓮台寺へは、そう遠くない。途中に柿岡《かきおか》という宿場を一つ挟んでいるが、陽が昇りきる頃には城下に入る目算だった。

その噂を聞いたのは、柿岡の先にある街道筋と野良《のら》道が交わる辻《つじ》にある、茶屋でのことだった。城下に入る前に、一息吐こうと立ち寄ったところ、城下の方から来た行商が「やっと、ご城下での検問が解除されましたよ」と、店の者に言っていたのだ。

すると居合わせた別の客が、こうも続けた。

「お役人は、逃げた凶賊が城下に入らぬ為と申しておりましたが、どうやら、御家に関わることらしいですよ。それで執行様が追っている一団が、昨夜遅くに笊笥峠の番所を破ったようで。それで検問を解き、今は城下で厳しい捜索をしているとか」

その話を聞いた茉名は、求馬と顔を見合わせた。そういうことかと、今更ながら伊織の意図を察したのだろう。

伊織は茉名と求馬たちに扮《ふん》して検問を突破し、城下に潜入することで敵の眼を引き付けてくれているのだ。

求馬は何となく気付いていたし、当然音若も同じだろう。それでも茉名に言わなかったのは、伊織が敵を引き付けると聞いて、きっと止めると思ったからだ。

「急ぎましょう」

求馬の言葉に、茉名は頷《うなず》いた。

＊＊＊

いよいよ、蓮台寺の城下が見えてきた。

伊規須街道から見る城下は、三方を山に囲まれていて、真っ平な関東平野の中で、そこだけが盆地のように見える。

風が強い日だった。その風には、本格的に冬を感じさせる、肌に剃刀《かみそり》を立てるような、鋭い冷たさが含まれている。

音若が、筑波颪《おろし》だと教えてくれた。この辺では、筑波山から吹き下ろす風を、そう呼んでいるらしい。

「これが、蓮台寺なのですね」

茉名が、周囲を見渡して言った。

「初めて国許《くにもと》に赴くのだから当然ですけど、何と言えばいいか……江戸から一歩も出たことがないというのに、どうしてか故郷のように感じます」

「それは恐らく、茉名さんを作ったものが、この地にあるからだと思いますよ」

求馬が答えた。

昨日一日休んだことで、身体は本調子である。多少痛みはあるが、あとは我慢するしかない。

「わたくしを作ったもの……」

「俺のような浪人はともかく、武家というものは領民が納める年貢によって生きています。日々の糧も、身の回りの物を贖《あがな》う銭も、元を辿《たど》れば全ては年貢。つまり茉名さんは、この藩《くに》の領民によって育てられたものなんです。懐かしいと思うのは、きっと心と身体が故郷なのだと反応しているんですよ」

「素晴らしい喩《たと》えですね。わたくしを作り、育てたのは領民。そう思うと、感謝の気持ちしかありません」

そう言って、茉名は街道脇の田で野良仕事に励む、百姓たちの姿に目をやった。朝も早くから、泥だらけになって働いている。

ただ気になったのは、蓮台寺藩の領民の身形《みなり》が、一様に粗末であること、そして痩《や》せていて表情が暗いことだった。

江戸からの道中、天領・大名領・旗本領と、様々な土地を見てきた。そこで感じたのは、治世《し》の良し悪しは領民の顔に出るということだ。

善政を布き、財政にも余裕がある土地であれば、領民の表情は明るく、「次は何をしようか」という、希望に満ちた弾みを感じられる。また財政は貧しく、生活は厳しくとも、領主が改革をしようと心血を注ぎ、その意志が下々まで伝わっていれば、領民は明日を信じ、子や孫の代には豊かになるだろうと、歯を食いしばって頑張っている。

しかし、蓮台寺の領民は違う。虚無に満ちている。明日もまた同じ日々が続くのだろうという、諦観《ていかん》があるのだ。

頑張ったところで、生活は豊かにならない。子や孫の代もそれは変わらないだろう。しかし、それでも年貢を納め、生きていかなければならない。だから、働いている。そんな諦《あきら》めがあるのだ。

「しかし、その感謝の気持ちを言葉にしたところで、何にもなりません。領民への恩義に報いる意味でも、外記を倒して蓮台寺を変える必要があります。言葉だけでは、お腹は満たされませんから」

茉名の表情は真剣で、それでいて悲し気でもあった。恐らく、百姓たちの姿に同じような印象を抱いたのであろう。だが、眼は逸《そ》らさなかった。この現状を直視し、心に焼き付けているようだ。

「執行派の秕《ひ》政《せい》が原因でしょうか」

「いえ、そうではありません。領民への苛《か》政《せい》は、外記が政権を掌握する前、門閥が支配するところからそうだったのです。外記はそれを引き継いだまでのこと。勿論《もちろん》それを良しとしていた、わたくしども藩主家の責任が一番重いのですが」

「責任を果たさなければどうなるのか。それがわかっているのなら、あとはやるだけですよ」

茉名が力強く頷いたので、求馬は少し安心した。疲弊した百姓の姿に、落ち込んでしまったのでは？　と思ったのだ。勿論、そうさせてしまった藩主家の責任は重い。それは噛《か》み締めるべきだが、今は決戦を控えている。大将として、茉名には堂々としてもらう必要がある。

「それでは、行きましょうか。弟と藩《くに》を取り返す為に」

2

伊規須街道を、蓮台寺へ向かって歩いていた。

検問が解除された影響なのだろう。人通りは多く、求馬たちは城下へ向かう人の波に身を任せて、歩みを進めていた。

だが求馬の足取りは、どこか重い。それは怪我が原因ではなく、心の痛みがそうさせているのだと、はっきりとわかる。茉名との日々がもうすぐ終わるのだと思うと、どうしようもない寂しさを覚えてしまうのだ。

(もう二度と、茉名さんと旅をすることはないだろうな)

この一件が終われば、茉名は姫に戻る。そして、自分は流行《はや》らない町道場の師範に戻る。或《あ》いは、公儀御用役となる。どちらにせよ、茉名とは交わらない道を生きていくことになるはず。

(何を考えている。俺は、やるしかないのだ)

茉名を蓮台寺に送り届けること。それが求馬の使命だ。それ以外の選択肢は存在しない。求馬は茉名と暮らす日々を想像し、慌てて打ち消した。

茉名は俺にとって、ただの〔茉名さん〕に過ぎない。誰がなんと言おうと、茉名さんなのだ。しかし、他の者にとっては違う。茉名は八代将軍吉宗の孫であり、少弐家の息女であり、外記を倒す旗頭である。そして一件が片付けば、資清の後見役、執権と呼ばれる立場になるそうだ。俺の傍にいていい女《ひと》ではない。

「ほら、あれを見てください」

茉名が指を差した。城下の方角に、ひと際高い建物が、いくつか見えた。それが何なのか、求馬の眼では確かめられない。

「火の見櫓《やぐら》です。わたくしも初めて目にするのですが、蓮台寺の名物らしいのです」

「確か、八十年ほど前の大火事が発端でございやすね。ご城下の半分以上を焼き大勢が焼け死んだらしく、それ以来歴代のお殿様は火消しに力を入れたと聞いたことがございやす」

少し前を歩く音若が、口を挟んだ。

「ええ、その通りです。あの大きな火の見櫓が、二度と大火を起こさないという決意の象徴。安兵衛《ヤスベエ》櫓、権六《ゴンロク》櫓など、城下にある四棟の櫓には名がついているそうですね」

「へぇ、詳しいですね。初めての国入りなのに」

求馬が目を細め、櫓を眺めつつ言った。

「ずっと、奥女中の者たちに聞いていたのです。当家の奥女中は、国許《くにもと》の娘たちを雇いいれるので、よく故郷の話を聞いていたのです」

そうやって聞いていた話と、実際の風景が同じというのが、茉名にとっては嬉《うれ》しいのだろう。今までとは違う、眼の輝きがある。

(それが、旅の終わりを告げている合図なのかもしれない)

求馬は感傷的になっている自分を、内心で叱咤《しった》した。まだまだ気を抜けないというのに、情けない。

「城下はもうすぐでございやす。恐らく、就義党の面々がお迎えに現れるでしょうが、いなければ弁分神社を目指しやしょう」

楡沼や就義党の面々と落ち合う場所となっている、弁分神社は城下に入る手前にある。

(楡沼さんたちは、無事だろうか)

求馬は、久々に楡沼と仙十郎の顔を思い浮かべた。

自分たち同様に、きっと厳しい旅を強いられていたはずだ。だが、二人の腕があれば、大抵の敵は退けられると信じている。これぱっかりは、祈るしかない。

求馬が突然歩みを止めたのは、田園風景から城下の町並みに変わろうとするかどうかの場所だった。

殺気を感じたのだ。それも、尋常なものではない。その殺気は禍々《まがまが》しいというより、抗《あらが》い難い重圧だった。

求馬は、咄嗟《とっさ》に茉名の袖《そで》を摑《つか》んで、後方に押しやった。

「音若さん、頼みます」

それだけで、音若には通じた。すぐに茉名を守るように立ち、匕首《ドス》に手を伸ばした。

「待っていたぞ」

その男は、城下へ急ぐ通行人に抗うように立っていた。

筋骨逞《たくま》しい、髭面《ひげづら》の男。丸太のような太い腕を、胸の前で組んでいる。鷲塚旭伝だ。

「求馬どの、相手は」

そう言った茉名に、求馬は振り向かずに「大丈夫」とだけ答えた。

大丈夫。もう一度、心中で呟《つぶや》いた。大丈夫、ではないかもしれないが、俺もそれなりに死線を越えてきた自負がある。

「見ないうちに、多少は成長したそうだな」

相変わらず、腹に響くような声だった。どっしりと重い。それが不快でもある。

「それはどうも」

求馬は周囲を見渡し、「あなた一人ですか?」と訊《き》いた。

「盛大な出迎えを期待したか? ならば残念だったな。お前たちが、笊笥峠の番所を破って城下に入ったと報告を受け、他の連中は城下を駆け回って捜している真っ最中だ」

「でも、あなたはここにいる」

「どうもおかしいと思って、わしだけ張っていたのだ。他の連中は、外記様の命でお前たちの替え玉を追っている。ここで待ち構えるよう進言したが、聞き入れられなかった。上の指示には逆らえん」

と、旭伝が鼻を鳴らした。そこには、外記に対する批判の色を感じる。

「それに腰抜けのお前ひとり、わしで十分であるしな」

旭伝が、発する気を強めた。それで伝えようとしているのだ。一対一《サシ》で立ち合おうと。

「白昼堂々とですか？　役人が飛んできますよ」

「その役人は、替え玉を追っていると言ったろう？　それに剣客同士の、致し方のない決闘だ」

視線が合った。旭伝が頷《うなず》く。「来い」と言わんばかりだ。

もうあの時に感じた、畏《おそ》れは無かった。ただ一人、鷲塚旭伝という男として感じ、その前に立つことが出来ている。

暫《しば》し睨《にら》み合ったあと、ほぼ同時に刀を抜いた。

野次馬が悲鳴を上げる。方々で「決闘だ」「喧嘩《けんか》だ」だのという声がするが、求馬の耳には入らなかった。いや、段々と遠くなったと言うべきだろう。

今は自分と、旭伝しかいない。二人だけの世界だ。

求馬は、大宰帥経平を正眼に構え、その切っ先をやや落とした。柄《つか》の握りに余裕を持たせ、ゆっくりと長く息を吐く。息が尽きると、半眼で旭伝を見据えた。

風待ちの構え。この男には、それしかない。颯《さつ》の太刀以外の剣が、この男に通じるとは思えない。

一方の旭伝も正眼だった。山のように、どっしりと構えている。崩す隙が見出《みいだ》せない構えだ。

対峙《たいじ》。潮合が満ちるのを待った。おおよそ、立ち合いというものは、潮合が満ちれば、勝手に動き出すものだ。しかし、求馬は少し違う。風を待たなければならない。

風は常に吹いていた。筑波颪《おろし》だ。その冷たい風は、求馬を叩《たた》きつけるように吹いている。だが、待っているのはそれではない。旭伝が起こす風を、ひたすらに待っている。その風を感じて相手の動きを読み、斬ることが颯の太刀なのだ。

お互い、構えを変えなかった。微動だにせず、切っ先を向け合っている。時間がどれぐらい経ったのか、それすらわからない。ただ、旭伝と対峙している。それだけしかない。

だがその時、二人だけの世界を壊すような、大きな声が飛んできた。「茉名様」「姫様」と叫んでいる。

旭伝が舌打ちをして、後方に跳び退いた。それに合わせて目を向けると、武士の一団が駆け寄ってきている。

求馬の眼が見開き、自然と表情が明るくなっていた。仲間が、出迎えにきてくれたのだ。

それを見てか、旭伝が「邪魔が入ったな。勝負はお預けだ」という捨て台詞《ぜりふ》と共に、駆け去っていった。

旭伝を追い払ったのは、楡沼と仙十郎ら就義党の面々だった。

＊＊＊

駆けつけてくれたのは、楡沼と仙十郎、そして就義党の面々。だが半分は知らない顔であり、二十名ほどが集まってくれた。

「よくぞご無事で」

仙十郎や他の面々が、まず茉名に駆け寄る中、楡沼だけが求馬の名を呼んでくれた。

「無事だったか？」

「無事と言えば無事ですが、傷だらけです」

「それだけ、お前が必死だった証拠だろうよ。道中、様々な困難に見舞われたことは、蒲池伊織という女に聞かされたが……。なるほど、どうやらそれは嘘ではなかったようだな」

「どうしてわかるんですか？」

「顔だよ。お前さんの顔は、一端《いっぱし》の男の顔に変わった。どうやらお前は、自分で閉じてしまっていた天稟《てんぴん》の蓋《ふた》を、こじ開けることが出来たようだ」

ああ、と求馬は思った。かつて楡沼が言ってた。天稟はあるが、成長に蓋をしていると。だから剣には怯《おび》えがあると。確かに怯えることは無くなった。だが、剣の腕が上がったのかどうかまではわからない。

「嬉《うれ》しいですね、楡沼さんに認められて」

「とっくに認めていたさ。お前が姫様を救い出すと決めた時にはな」

そう言って、背中を叩かれた。傷に当たって思わず顔を歪《ゆが》めたが、それは嬉しい痛みだった。

「求馬にも、感謝をせねばならんな」

茉名との会話を終えた仙十郎が、求馬に軽く頭を下げた。

「そんな、俺はやるべきことをしただけですよ」

「そう。そのやるべきことを、やり通すことが難しいのだ。私はこの旅で、心底思い知ったよ」

そう言った仙十郎も、随分と精悍《せいかん》な顔になっていた。顔には幾つかの傷もある。

「俺たちも厳しい旅だった。お前たちから敵の目を逸《そ》らす意味でも、敢《あ》えてというところもあったが。楡沼殿がいなければ、今頃俺はここにはいなかったよ。実際、辿《たど》り着けない者もいたしな」

別働隊を含め、就義党の数名が欠けたという。それは重傷を負って随行を断念した者もいれば、命を落とした者もいる。

そこで、茉名が楡沼と音若を引き連れて、会話に加わった。

「彼らには悪いことをしました。動けなくなった者にも、亡くなった者のご遺族にも手厚く報いねばなりません」

茉名が言うと、一同が深く頷いた。

「ですが茉名様、同志は増えましたぞ。今や、茉名様を支持する藩士の方が多数でございましょう。実際、どれだけの勢いかはわかりませぬが、打倒執行まであと一押しというところでございます」

仙十郎だけが嬉々《きき》としていた。仙十郎にとっては、失った命より、政局の方が重要なのかもしれない。この男は悪い男とは思わなくなったが、人間としての軸足が違う。生まれながらの門閥で、政事を動かす立場になる男だ。そういう男は、時として命を重みよりも数で考えなくてはならない時がある。その良し悪しは別にして、こうした男も、時に必要なことは理解しているつもりだ。

政局の報告を受けた茉名が、思わぬ朗報に多少困惑していた。その気持ちはわかる。まだ田沼意次の書状は、求馬の懐に入ったままである。これを出せば、政局は大きく反転する。しかし、それを出す前に動いたのだろう。ただ、仙十郎が「あと一押し」と言った。この書状が、その役割を果たすかもしれない。

「どうしてこんなことに？」

「藩士たちの間で、ある噂が広まっておりましてな。茉名様が田沼様と組んで、お家の一新を図る。ついては、このまま執行派にいては危ういぞ、という」

答えたのは楡沼だった。それがどうにも面白いという風で、求馬は「そういうのが得意な連中がいるんですよ」と、苦笑しつつ付け加えた。

脳裏には伊織の顔が浮かんでいた。もしそうであれば、また礼を言う必要がある。本人は「自分の役目を果たしただけ」と、受け取らないであろうが。

「それでは、茉名様。一旦《いったん》、弁分神社へ向かいましょう。そこでは、亡き資軌様に見出された側近衆、茉名様を密《ひそ》かに支持していた者、執行一派に見切りをつけ帰順した者、門閥から下士まで集い、茉名様のお越しをお待ちしております」

茉名は、力強く頷《うなず》いた。それは、旅の終幕を告げる合図だった。そして、新たな戦いの幕開け。

求馬たちは、仙十郎たちの警護を受けて、弁分神社に入った。そこで待っていたのは、絶叫に似た歓喜の声だった。

皆が、茉名に対して平伏する。涙を流す者もいた。そして口々に、喜びの言葉や資軌が為《な》そうとした改革の続きをと、叫んでいる。

茉名は境内に出ると、全員が平伏する前で、執行一派の跳梁《ちようりよう》を許した藩主家の不明と、国入りに際しての努力に感謝の言葉を述べた後、蓮台寺城へ進軍すると告げた。

「これは帰還ではございません。執行一派に支配された藩《くに》を取り戻す為の進軍。これより、蓮台寺城へ向かいましょう」

鬨《とき》の声が挙がった。音頭を取ったのは仙十郎だった。

熱狂だった。それだけ、藩士たちは執行外記の支配を苦々しく思っていたのだろう。そうした光景を、求馬と楡沼は部外者のように眺めていた。

「もう終わりですかね、俺たちの役割は」

求馬が言うと、楡沼が肩を竦《すく》めた。

「さぁね。外記がこのまま、易々と政権を手放すと思うか？　降伏したところで、待っているのは死罪だよ。どうせ死ぬとわかっているのなら、一か八か一合戦《ひとあわせ》する

「そうなれば、我々の出番ですね」

楡沼は刀を叩《たた》くと、「まぁね。俺たちにはコレしかないからな」と嘯《うそぶ》いた。

求馬は頷きつつ、平伏する武士団の前で立つ茉名を眺めていた。

眩《まばゆ》かった。どれだけ求馬にとって〔茉名さん〕であっても、そこにいるのは指導者たる〔茉名姫〕だった。だからとて、求馬は態度を変えようとは思わなかった。ここまで戦い抜けたのは、将軍の孫だからでも大名家の姫だからでもない。茉名さんだったからだ。

それから支度を整えると、茉名に率いられた一団、言わば茉名派と呼ぶべき武士団は蓮台寺城に向けて進軍を開始した。

茉名の為に駕籠《かご》が用意されていたが、それを拒否して騎馬での入城となった。威風堂々、入城したいという茉名の希望だった。

茉名が跨《また》がる白馬の轡《くつわ》を取ったのは、求馬だった。藩士でもない浪人者が、との声があったが、それを止めたのは仙十郎だった。「筧求馬以外に、轡を取る資格は無い」とまで言ってくれた。

そして、その仙十郎が先導し、楡沼が脇を固めつつの進軍となった。音若は、茉名を襲撃せんとする存在を排除する為に、一行と離れて動いている。姿こそ見えないが、伊織たちの公儀裏目付も同じだろう。

いよいよ、ずっと目指していた蓮台寺城が目前に迫っていた。

3

蓮台寺城は、陣屋である。当然、天守閣はない。

少弐家は無城格であるが、藤原北家秀郷流の裔《すえ》という名門ゆえに、城主格として認められ、蓮台寺陣屋ではなく蓮台寺城と称しているというのだ。

その蓮台寺城には、無血で入城することが出来た。誰も抵抗せずに城門を開き、茉名は御小書院《ごこじょいん》に入った。迎え入れてくれた家臣団に、藩主の御用部屋たる御座間《ござのま》へと案内されたが、茉名は「藩主は資清様であり、わたくしではない」と断った。

それから求馬と共に、外御書院《そとごしょいん》へと移った。外御書院は、一之間から三之間まであり、廊下まで合わせると二五〇畳までになるという。そこに、主だった者が参集していた。

茉名はまず藩士に総登城を命じ、求馬から受け取った田沼意次からの書状を読み上げた。

外記に対しては、罷免を受け入れ領外への追放に同意するならば、命までは取らない旨、また執行派の者たちには、過去の過ちを悔い改めて登城に応じるのであれば、処遇については恩赦も考えると布告した。

その間、求馬は茉名の傍に付き従った。位置づけとしては、楡沼と共に護衛という立場だ。これから昼夜交代で、護衛の指図をすることになっている。また、音若はずっと姿を消しているが、外記の動向を探っているという。

楡沼が言っていたように、これで終わるとは思えなかった。外記は必ず逆襲に出るだろうし、雰囲気としても、不穏なものが藩士の間で漂っている。

茉名は外御書院から下がると、就義党を中心とした面々を集めて会合に入った。その会合に参加したのは、就義党でも門閥の師弟。その中心にいるのが仙十郎だった。

未《いま》だ家督を相続はしていないが、既に茉名派の筆頭のように振舞っている。求馬が騒動に加わる前から戦っていた仙十郎に、その資格があるのは周知の事実だが、求馬の心は何やらざわついていた。

それを眺めていた楡沼は、求馬に頰を寄せ「茉名様の次の相手が、間宮かもしれんな」と嘯いた。

求馬は何も言わなかった。楡沼の言わんとするところは理解出来るが、この先は蓮台寺藩政の話である。浪人が口を出すことでもないし、公儀御用役としての役目でもない。だからか、外記の処遇や執行派の動向について議論を展開する一同を見ていると、もうそこには、自分の居場所は無いのだと感じてしまっている。

蓮台寺までの護衛という役目は、無事に果たした。あとは外記の処遇が片付けば、求馬は江戸に帰るつもりだった。茉名の傍にいたいが、これ以上自分に何が出来るのか。舞台は政事に移ってしまった。

会合が終わり、城中の与えられた一間で飯を食べている求馬を、楡沼が訪ね「よう、姫様が呼んでいるぜ」と告げた。

「茉名さんが？」

「お前と話したいんだってよ。行ってやれ」

それから求馬は、御小書院にいる茉名を訪ねた。

これまで町娘風の着物に袖《そで》を通していた茉名は、立場に相応《ふさわ》しい立派な振袖に着替えていた。ただ派手さはなく、落ち着いた褐返《かちかえし》の深い紺色で、柄も控えめだった。

それ故に、茉名には二歳も三歳も年齢が上の、大人びた雰囲気があった。

「求馬どの」

部屋に入った求馬に、茉名は微笑んでみせた。

「俺を呼んでいるって、楡沼さんに聞きました」

「あなたにお話をしようと思いまして」

求馬は「俺に？」と、茉名と向かい合って座った。

「まずは、あなたにお礼を申し上げねばなりません」

「それは何度も言ってますが、そんなものは必要ありません」

「ええ、それは存じております。ですが、改めて」

「いいんですって。俺は俺の為にしたことです。勿論《もちろん》、茉名さんだったからこそ、戦い抜けたんですけどね」

「求馬どのは本当に強くなりました。わたくしが言うのも変ですが、本当に強くなりました」

求馬は恐縮して、頭《かぶり》を振った。

「強くなったかどうか、俺にはわかりません。ですが、少しは人の為に働ける男になれたとは思います」

「それでいいと思います。そして、わたくしも強くなりたい」

茉名が、浮かない顔で俯《うつむ》いた。

「茉名さん、どうかしたんですか？」

「急に事態が動き出したので、頭がついていかなくて。これから、どう舵取《かじと》りをしていこうか、そうした迷いもあります」

「凄《すご》い熱狂を感じます。それだけ茉名さんの帰還を待ちわびていたのでしょう」

「ええ。ですが……、このままだと外記が現れる前に戻るだけでは？　という懸念があります」

外記が現れる前。それは、門閥が支配していた時代のことだろう。今、茉名派と呼ばれるものは、就義党によって動かされている。その中心にいるのは仙十郎であり、彼を支える門閥の子弟だ。だがその背後には、門閥の大人衆がいるのかもしれない。就義党には様々な身分の者がいるが、実権を握っているのは、門閥であることは明らかだった。

「茉名さん、俺はこの旅で学んだことがあります」

「何ですか、それは？」

「自分の心を信じること、それを貫くこと。そして、為政者として何が大事なのか？　それを見据え見失わないこと。でなければ、泣くのは領民です。その姿を見てきたではありませんか」

茉名は、じっと求馬の眼を見つめている。

「赤松次郎大夫は私欲の為に、鬼猪一家の苛酷《かこく》な支配を黙認していました。また、菅山さんだってそうです。利益の為を考えれば、外記に手を貸したことは理解出来ます。でも結果として、菅山さんは自裁され、下妻の領民は優秀な家老を失うことになりました。それは、やはり為政者としての大事を見失った結果だと思います」

脳裏に勘解由の言葉が、頭に浮かんだ。

民の安寧と豊かさの為に、汚名を着ることも厭《いと》わないと。その覚悟は、為政者として必要なことであろう。でも、茉名にはそうあって欲しくはない。

「菅山どのは、わたくしに教えてくださいました。『信の置ける人を選び、任せながらも厳しく監督することが肝要』と。わたくしも、そうするべきだと感じました」

「なれば、俺は協力しますよ。俺は茉名さんの望むことを叶《かな》えてやりたい。少なくとも、俺もその道が正しいと思います」

「しかし、どうしたらいいか。今は間宮仙十郎ら就義党が、勢いを握っています。勿論、彼らがいなければ今のわたくしはいませんので、その功には報いなければなりませんが」

求馬が腕を組むと、おもむろに襖《ふすま》が開けられた。そこにいたのは楡沼と、武士の恰好《かっこう》をした音若だった。城に入る為の変装だろう。

「申し訳ないですね、姫。立ち聞き、盗み聞きは俺の趣味でしてね」

楡沼が一笑すると、「就義党を掣肘《せいちゅう》する一手がある」と言いながら、音若と共に求馬の左右に座った。

「外記の首《しるし》を、姫様が御自《おんみずか》ら挙げるのですよ。もしそれを就義党に許せば、姫様は単なる神輿《みこし》に過ぎなくなってしまう。そうさせない為には、姫ご自身の手で、この政争を終わらせる必要があるのです」

「ですが、外記の処遇は定まっておりません。登城にも応じず、屋敷に籠《こも》っていると聞きます」

そこで楡沼が、「音若」と名を呼んだ。

「へぇ。外記とその一派が密《ひそ》かに城下を脱出し、所領の舎利蔵村に引き籠ったようでございます」

「まことでございますか？」

茉名が身を乗り出していた。

「これは公儀裏目付からの言付けでございやすが、城下の武具商から大量の刀槍《とうそう》の類《たぐい》が舎利蔵の下屋敷に運び込まれていたようで」

「そういうことです、姫。愚かしくも、外記は徹底抗戦の構えを見せております。これから外記の動向がどうなるにしろ、始末の主導権は手放さぬように。家臣に任せるのは、信の置ける者で執政府の体制を固めた後で。それまでは姫が中心になり、持ち前の才覚を見せつけるのですよ」

茉名が、求馬を一瞥《いちべつ》した。求馬は頷《うなず》き、「俺もやりますよ」とだけ告げた。それだけでいい。茉名が望むことの為に、俺は戦いたい。

＊　＊　＊

翌日、藩士の総登城が始まった。

続々と外御書院に参集している。執行派の重臣でも、仙十郎の父である間宮源左《げんざ》衛門《えもん》ほか多くの者が執行派を離脱して、茉名の呼びかけに馳《は》せ参じていた。特に源左衛門は仙十郎の説得もあってか、他の執行派の切り崩しを請け負ったようだ。源左衛門の傍には、旧執行派や門閥の重臣たちが居並んでいる。

あれから求馬は、茉名と楡沼、そして音若も加えて、今後のことを懇々と語り合った。茉名はこの段階で、余計な波風を立たせたくないと言ってたが、最後は腹を括《くく》って勝負に出ると言った。その為にも、「求馬どのと楡沼どのには傍にいて欲しい」と。

そして、外御書院の大広間。

求馬は楡沼と共に、上座に陣取った茉名の、後方に控えた。田沼意次からの後見役として、その場にいることになったのだ。図らずも、自分と楡沼という部外者の二人が、意次の存在を強く示す結果となっている。

「そろそろ」

楡沼が耳打ちをすると、茉名は頷いて立ち上がり、居並ぶ家臣らを見渡した。

「少弐茉名である。皆の者、よくぞ登城に応じてくれた。藩主・資清様に代わって礼を言う」

その声色や口調は、随分と違っている。敢《あ》えてそうしているのだろう。腹を括った茉名には、統治者たる風格がある。

「さて、皆の者に申し伝えることがある」

茉名は全員の前で、外記と一派が舎利蔵に立て籠《こも》ったことを明かした。その上で、外記の数々の悪行を糾弾。更には、登城を拒否した外記の行為を、少弐家に対する謀反と判断し、これに対しては厳しい処置をすることを明言した。

「そして、執行外記に加担した者の処遇についてであるが」

茉名は、そこで一呼吸つき、皆が固唾《かたず》を呑《の》む中で口を開いた。

「執行派に与《くみ》していた重臣に対し、登城に応じた者は隠居だけに済ませる。さすれば、子や家門に対して一切の罪は負わせぬ。なお、平士《ひらざむらい》以下に関しては、外記の命を断れぬ事情を鑑《かんが》み、今まで通りの務めを許す」

その一言に、外御書院が一斉にざわついた。そして、声を上げたのは源左衛門だった。

「姫、我々は心ならずも執行外記に従ってはおりましたが、こうして馳せ参じております。また、外記と共に舎利蔵に立て籠った手勢が減ったのも、拙者らの切り崩しがあればこそ。何卒《なにとぞ》、御再考を」

源左衛門の訴えに、重臣たちが追従する。茉名は立ち上がると、前に進み出て
「お黙りあれ」と一喝した。

「兄・資軌は外記と、うぬら執行派に暗殺されたのだ。そして、わたくしも命を狙われた。それだけではない。多くの者も死んだ。その時、おぬしらはどこにおったのか？　外記の隣で笑っていたのではあるまいか」

場が一瞬で静まり返った。

「源左衛門。本来であれば、倅《せがれ》の仙十郎にも罪を負わせるところであるが、そなたら親子の格別な働きを鑑み、おぬしの隠居だけに留《とど》める。それ以上、何を求めるというのか？」

「しかしながら……」

「まさか、親子で藩を牛耳ろうなどとは思うまいな？」

面罵《めんば》された源左衛門は、顔を赤くして俯《うつむ》いた。

「仙十郎、おぬしはどう思うか？　父の隠居に反対であるか？」

「それは」

不意を突かれた仙十郎は答えに窮していると、茉名は優しく微笑んだ。

「そなたの孤軍奮闘、わたくしは心より感謝している。そなたの働きなければ、わたくしはここにいなかったであろう。そんな仙十郎を、親への孝と主家への忠の狭間《はざま》で悩ませるのは本意ではない。しかし、これは御家の大事である」

「…………」

「そなたには、わたくしの用人を命じる。わたくしの傍で、藩政の改革を手伝いなさい。あなたほど、頼りになる藩士はおらぬ。よろしいな？」

仙十郎は、ただ平伏した。そこまで言われると、返す言葉がないのだろう。

(見事だ……)

と、求馬は思った。この判断と、有無を言わせぬ気迫。まさに八代将軍の再来だ。

「それでは、これより舎利蔵に糾問の使者を向かわせる。恐らく外記は、簡単には門を開かぬであろう。そうなれば、我々も実力で応じなければなるまい」

そこまで言うと、藩士の中から「討伐の指図は誰に？」という声が飛んだ。つまり、総大将を誰にするか？　という問いだ。その人選が、今後の藩政に大きく影響を与えると思っているのだろう。すなわち、「首席家老を誰にするか？」に等しい。

しかし、茉名は首を振った。

「わたくし以外におるまい。少弐茉名は、資清様の後見。蓮台寺藩執権である」

4

舎利蔵に、続々と人が集まっていた。

どれも一癖も二癖もありそうな、悪相の有象無象である。村の入り口で、係をしている武士たちが、名前や誰からの紹介なのかを帳面に書き記している。

楽市の鍬蔵の呼び掛けに応じた、やくざ者や浪人たちだ。死に場所を求めている連中で、全体的な年齢は高く、爺《じい》さんと呼んでもいい者もいる。

その様子を、鷲塚旭伝は幾人かの門人と共に眺めていた。

藩庁からの討手を迎え撃つ為の戦支度。その監督を兼ねた見回りの最中である。旭伝は外記の命で、人の配置や防備態勢の整備、武具の割り当てまで、戦の実務一切を任されていた。

「肝っ玉はありそうな連中ですが、大丈夫でしょうかね？」

門人の一人が言った。旭伝が外記に仕えるようになって、弟子となった者たちだ。十五名ほどいたが、一連の戦いを経て八名にまで減っている。

「実戦の経験はあるだろうな。それに負け戦とわかって馳せ参じたのだ。さっさと寝返った連中よりは頼りになるだろうよ」

茉名が田沼意次の後ろ盾を得て、蓮台寺に向かっている。その噂が広まると執行派の連中は動揺し、藩領に入るとわかると次々に寝返った。就義党の呼びかけに応じて、茉名に帰順したのだ。そうした背信行為を、外記は止めなかった。止める術《すべ》が無かったというのが、本当のところだろう。旭伝も、一人また一人と去る連中を忌ま忌ましく睨《にら》むしか出来なかった。そうした者たちより、破落戸《ごろつき》どもの方がまだ使い物になる。

「お前たちはいいのか？　この先まで付き合うことはない」

「先生、何度言わせるのですか。我々は、共に残って戦うと決めたのです。それに、これまでに斃《たお》れた仲間たちの意趣返しもあります」

門人たちは、歳の若い者ばかりだ。一番上でも三十にも届かない。しかも全員が、浪人か次男か三男の部屋住みである。

これまで、弟子とは無縁の道を歩んできた。自分の強さだけを追い求め、自分だけが強くなればいいと鍛えてきた。門人を増やし、道場を流行《はや》らせる。そして、鬼眼流の名を広く知らしめる。そんなことには興味は無く、むしろ剣を商売にする連中を侮蔑《ぶべつ》の眼で見ていたぐらいだ。

剣は人殺しの術であり、それ以上でも以下でもない。それを教えてくれたのが、剣鬼と呼ばれた筧三蔵だった。

二十年前、旭伝は神道無念流を創始した福井兵右衛門と三蔵との試合に立ち合った。老中・松平武元《まつだいらたけちか》の屋敷で行われた御前試合。竹刀での勝負で結果は分けたが、真剣であれば三蔵が福井に勝っていたであろう。

斬人術《ざんじんじゅつ》に特化した三蔵の剣は、野性味は溢《あふ》れていて、一切の無駄が無い。最短で殺す為に奮う。それは商売人と化した江戸の剣客たちからは、感じられなかったものだ。

あの剣気、迫力、そして獣が持つ臭い。当時二十になるかどうかだった旭伝の心は震え、その強さに憧《あこが》れた。それからなのだ。剣によって出世をすることより、自分の強さを求めだしたのは。

そんな自分が、外記に撃剣師範として拾われて、道場を持たされた。外記の威光もあってか入門希望は相次いだが、そこは少数精鋭を貫いた。至強を目指す自分の門人が、軟弱であることが許せなかったのだ。

そうして選び抜いたのが、実力と資質を兼ね揃えた十五名。その内の七名が、これまでに討たれていた。それは求馬や楡沼によるもので、自分にとっても門人たちにとっても、この戦いが別の意味を帯びてしまったようだ。

「覚悟があるのなら、存分に戦うといい」

旭伝は踵《きびす》を返し、執行家の下屋敷へと足を向けた。

村の至る所で、村の百姓衆が青竹を切り出して竹矢来を組んでいた。これは討手が屋敷へと向かうのを少しでも阻止する為だ。また下屋敷へと続く坂では、道脇にある木々を切り倒している。これも屋敷を守る為であり、勝利の秘策でもあった。

秋が去り、吐く息も白く見える季節となったが、この戦支度で村内は妙に活気づいていた。例えるならば、祭りの前の高揚感に近い。

（しかし、百姓衆がこうも従順に協力してくれるとは思いもしなかったな）

それだけ外記の領地経営が良かったのだろう。首席家老としては苛政《かせい》と呼ばれる苛酷な処置をしていたが、自領の民には甘かったのか。一介の撃剣師範に過ぎない旭伝は、その辺の話には加わっていない。

ただ、その百姓たちも近いうちに村から追い出す予定だった。だからか、百姓衆も最後のご奉公と気張ってくれている。旭伝としては、百姓たちを肉の壁として利用する手も考えたが、百姓たちの処遇については外記の強い意向があった。

下屋敷に入ると、旭伝は与えられた自室に一人で引き籠《こも》った。

五畳ほどの一間には、舎利蔵と周辺の詳細な絵図が広げられている。そこには、防御柵《さく》や人の配置が事細かく書き込んである。

旭伝は腰を下ろすと、太い二の腕を組んで、再び絵図に目を落とした。

目下の課題は、どういう人の配置にするかである。討手の数にもよるが、旭伝は戦力の分散は避けたかった。全員で守り、全員で攻める。それが利口なやり方だと思う。

そうした気持ちに反して、旭伝はひと摑《つか》みの碁石を、村の入り口と下屋敷周辺に配した。

外記の為に戦おうとする手勢の半分以上が、鍬蔵の声掛けで集まった破落戸どもで、その鍬蔵が「喧嘩《でいり》は好きにさせてもらう」と最初から言っていたのだ。更に昨夜の会合では、「俺たちゃ、男伊達《おとこだて》だけで生きてきたんだ。なら死に場所ぐれぇ、自分で決めさせてもらうぜ」と、聞かれもしないのに念を押してきた。

これは如何《いか》なる指図も受けないという意思表明で、旭伝は抗弁しようとしたが、外記がそれを止め、ゆっくりと首を振った。何も言うな、ということだろう。

旭伝はその一件を思い出して、深い溜息《ためいき》を吐いた。そもそも、帷幄《いあく》にあってあれこれと策を巡らすのは得意ではない。剣で戦えれば、それで満足するような男なのだ。

他にも、問題は山積していた。その中の一つに、外記に勝つつもりがない、ということがあった。

外記はいつからか、勝つことを諦《あきら》めていた。言葉では表さないが、表情や立ち振る舞いから何となく伝わるもので、「ついにその時が来たか」と言わんばかりの雰囲気を醸し出しているのだ。

茉名からの召喚命令が届いた時、旭伝はもう終わりかと思った。勝利を諦めた外記は、茉名によって裁かれて死罪を唯々諾々と受け入れるだろう。そうなる前に蓮台寺から出ようと考えていたが、外記は親族や家中の者を集めて、こう言い放った。

「舎利蔵に立て籠り、藩庁からの討手を迎え撃つ」

その一言に、旭伝は己の血潮が熱く沸騰するのをしたたかに感じた。この泰平の時代に、主君を奉じて敵と干戈《かんか》を交える。そんな経験が出来る者がどれだけいるだろうか。これぞ、武士の本懐である。

しかし舎利蔵に入ってからの外記は、以前とそう変わりはない。実務一切は旭伝に任せ、日がな一日書見をしたり、伴った妻子や孫たちと過ごしている。

外記にとっては、これは滅びる為の戦いなのだろう。だが、旭伝は勝つつもりでいる。負ける戦などしたくはないし、そもそも矜持《きょうじ》が許せない。どんな戦いにも勝つ。敗れざることが、鷲塚旭伝の誇りなのだ。

それから外記に呼び出されたのは、四半刻《しはんとき》ほど後のことだった。

「どうだ、順調か？」

外記が、脇息《きょうそく》に身を委《ゆだ》ねたまま訊《き》いてきた。細面の渋い顔は、相変わらず厳しい。この男は普段からそうで、滅多に笑顔を見せることがない。

「はっ、一応は」

「そうか、ならばよい。人も集まっているようだな」

「そろそろ六十は超えるかと」

「それほどか。頼もしいものだ」

「しかし、死に場所を求めて集った連中でございます。腕前に限っては頼りになるでしょうが、兵として計算は出来ません」

「まぁ、それはよい。好きにやらせておけ。庄兵衛など消えた者も多い中で、共に轡《くつわ》を並べようとしてくれるのだ。それだけでもありがたい」

外記を長らく支えてきた、徳前屋庄兵衛は城下の店《たな》を引き払い、どこぞに姿をくらませていた。庄兵衛は武士ともやくざとも違う商人。少しでも生き残る道があるのなら、そっちに賭《か》けてみたのだろう。それについて、外記も鍬蔵も何か言うことは無かった。

「しかし、おぬしも消えなくてよかったのか？」

「まさか。こんなにも楽しい祭りがあるのです。それに加わらない手はございませんな」

「ほほう。おぬしにとって、戦は祭りか？」

「いや、武士にとって。武士の本懐とは、極論、敵を倒すこと。殺すことでございます。この泰平の世で、戦祭りに身を投じられる武士が、どれだけいましょうや。これは誉れと思っております」

「相変わらずの武辺者よ」

外記が珍しく笑ったので、旭伝は目を伏せた。

口ではそう言ったが、外記に対する忠義が無いわけではない。貧乏御家人の部屋住みとして生まれ、鬼眼流の免許を十九で得たものの、三蔵の強さに憧れて江戸を出奔。それからは、強さを求めて人を斬る浪々の日々。ただ生きる為に、やくざ者の用心棒や始末屋までする羽目にもなった。

そんな中で、「能力さえあれば身分は問わない」と撃剣師範に誘ってくれたのが、外記だったのだ。今から七年前のことで、寝食の心配が無くなって以降は、単純に剣だけに打ち込むことが出来た。強さだけを追い求めることが出来た。その恩は強く感じている。

「して、やはり鍬蔵らは好き勝手するようだな」

「その件については、拙者からはもう何も申し上げません。どう足掻《あが》いても、我々は烏合《うごう》の衆。ならば無理を押して共に行動するよりも、各々が自由に動いた方がよいこともございます」

「そうか、おぬしがそう思っているならば、それでよかろう」

話が終わり、部屋を辞去しようとした旭伝を、外記が呼び止めた。

「そういえば、いつか話をしておった剣鬼の小倅《こせがれ》だが」

「筧求馬でございましょうか」

「そうじゃ。その求馬とやらは、おぬしの為に殺すなと、皆に命じてやろうか？」

思わぬ申し出にやや驚いたが、旭伝はゆっくりと首を横に振った。

「いや、気遣いはご無用に。拙者の前に辿《たど》り着く前に死ぬようでは、所詮《しょせん》それまでの腕。わざわざ剣を交えるまでもございませぬ。ただし、拙者の前に辿り着けたのなら、存分に斬り合う所存」

「左様か。しかし、おぬしこそ剣鬼であろうよ」

部屋を出た。広い下屋敷は静かだ。家人の連中が全員、村に降りて働いているからであろう。

外記の「おぬしこそ剣鬼」という言葉が、耳に残っていた。

（わしが剣鬼など……）

果たして、二十年前に目にした三蔵の姿に、今の自分は辿り着けているのだろうか。それを確かめる意味でも、求馬とは立ち合いたかった。

　三蔵とは、全く似ていない若造。どこか頼りなく、面構えには覇気も感じない。使う剣も、三蔵のような獣の臭いがしない。しかし、確かに天稟《てんぴん》はある。あの剣鬼の子と思わせる何かがある。

　その求馬を斬る。剣鬼の子を斬ることで、自分は本当の剣鬼になれるのかもしれない。

5

　早速、武力衝突に備えた人選が始まった。

　茉名は城下にある五つの剣術道場と二つの槍術《そうじゅつ》道場の師範、そして大番頭《おおばんがしら》に命じて、使い手を厳選させた。

　糾問の使者を出したが、恐らく外記は撥《は》ねつける。そうならば、討伐隊の派遣となるだろう。しかし領内で大規模な戦闘をすれば、表沙汰《おもてざた》となって改易もあり得る。なので、少数精鋭で挑むこととなった。

　勿論《もちろん》、その中には求馬と楡沼、そして音若も入っている。「その為に、残っているのです」と志願したのだ。あとは誰が選ばれるか、まだ決まっていないし、そこには関わっていない。

そうした準備を進めている中、音若によって凶報がもたらされたのは、使者を出した翌日、御小書院で仙十郎も含めて対策を練っている最中だった。

糾問の使者の首が、村の外に晒《さら》されたのである。更に外記ら一党は、屋敷で酒宴を開くだけでなく、藩庁と一戦を交える覚悟なのか、領民を村から追い出し、舎利蔵村に籠城する構えを見せているという。その手勢は、執行家一門と郎党、共に滅びる決意をした執行派、そして胡乱《うろん》な浪人や渡世人を含め、敵勢は八十名あまりに膨れ上がっている。

勿論、一党の中には鷲塚旭伝の姿もあるという。そのことを告げた音若は求馬を一瞥《いちべつ》し、求馬は頷《うなず》くだけで応《こた》えた。この男とは、雌雄を決さなければならないことになるだろうという、予感を強く覚えている。

「三奸《さんかん》の一人とされた、楽市の鍬蔵たちも馳《は》せ参じ、有象無象を雇い入れておりやす」

「徳前屋庄兵衛は？」

茉名が訊くと、音若が「行方知れず」と首を振った。城下にある徳前屋の屋敷は、外記が城下を脱出するより少し前に、もぬけの殻となっている。狡知に富んだ商人らしく、そのまま一緒に滅びるとは思えない。

「しかし、使者の者には申し訳ないことをいたしました。そうした危険があると、頭ではわかっていたのですが」

「使者を斬り捨てることは外道の所業ですが、そうした危険を背負うのも使者の務め。悲しいかな、致し方ないかと」

楡沼が言った。

「まずは、首を取り戻しましょう。そして丁重に葬り、遺族には手厚い保護を。いいですね、仙十郎」

「かしこまりました」

仙十郎が、軽く目を伏せた。あれ以来、仙十郎は茉名の用人として、傍に付き従い補佐している。就義党を集め、会合をしようという動きもない。きっと、茉名に何か言われたのだろう。

「しかし、外記に従う者がここまで多いとは」

求馬が口を挟んだ。大勢が決し、もはや外記に勝ち目はない。そのまま従っていれば敗北しかないというのに、八十名ほどが従っているのは驚きだった。

「いや、そうではないのだ求馬」

仙十郎が、苦々しい表情を作った。

「……門閥の私が言えることではないが、かつての蓮台寺は門閥の力が強く、能力があっても身分がなければ出世すら出来なかった。一握《ひとにぎ》りの者だけで藩《くに》を動かしていたのだ。それを実力で変えたのが外記だった。身分低き者にとっては、あれは憧《あこが》れなのだろう」

「そうなんですね」

外記が変えたものを、また戻そうとした。そんな仙十郎に嫌みの一つでも言ってやりたかったが、陽気な男がしおらしくしているのを見て、求馬はひとまず許してやることにした。

「ですが、その八十名の中には女や子どもも含まれておりやす。戦えるのは、六十名ほどでございやしょう」

茉名の表情が、一瞬だけ強張《こわば》った。

どうやら外記は、一族郎党の妻子まで巻き込んだようだ。かつて戦国の御世《みよ》では、妻子と共に籠城《ろうじょう》し、落城と共に一族が自刃するという話はよくあったという。外記の一族もそうならないとは限らない。

「愚かな……」

楡沼が呟《つぶや》いた。求馬も同じ思いだ。何故に巻き込むのか。どうして逃がさないのか。茉名は説得の条件に、一族に罪を連座させないとまで言っていたというのに。

「ですが、数が減ったとはいえ気を抜いちゃいけやせん。相手は死ぬつもりで、仕掛けてきやすよ。こいつは、潜り込んで得た情報《タレ》なので、間違いございやせん」

「死兵か。そいつは面倒だな」

楡沼が、いつになく真剣な表情だった。死兵。自らの命を顧みず、死に物狂いで攻めてくる者たち。考えただけで厄介だ。

「へぇ。どうせ先が見えた戦いです。そんなものに、野心を持つ若い奴らは参加しやせん。今回、楽市の鍬蔵に呼応したのは、訳ありで死に場所を探している連中でございやす」

「なるほど。それじゃ到底降伏などあり得んというわけか。少なくとも、一戦交えるまでは」

「やはり、我々は干戈《かんか》を交えるしか道は無いのですね……」

茉名はそう嘆くと、視線を伏せた。外記と主だった者の死罪は避けられないとしても、他は極力巻き込むつもりはなかった。このままでは、敵にも味方にも大勢の死者が出ることになる。それは、茉名としても避けたいところだったはずだ。

「相手は死を覚悟しているのです。希代の悪党には、相応《ふさわ》しい死に花を咲かせてやるしかありません。お前もそう思うだろ、求馬？」

楡沼に話を振られた求馬は、深く頷《うなず》いた。

「でも、それは外記だけです。死罪とする者、生きて罪を償える者、巻き込まれただけの者。その見極めをする為にも、無用な殺生はなるべく避けましょう」

「不殺かよ。だが、あくまでなるべく、だぞ。相手は死兵なのだ。生半可な対応をしては、俺たちが黄泉《よみ》へ引きずり込まれてしまう」

楡沼の言に、求馬は頷いた。

「今日には討伐隊の編制が終わるはず。明日には城下を発して舎利蔵へ向かいます」

最後に茉名が言い、散会となった。

＊　＊　＊

明朝、討伐隊が城中の道場に召集された。

ずっと城内に寝泊まりしている求馬と楡沼、そして音若が一番乗りで、それから刀槍に秀でた強者《つわもの》が、一人また一人と集まってきていた。

結局、選抜されたのは二十名。敵の八十に対し、二十で相対することになる。かなりの劣勢であるが、表沙汰にしない為にはこれ以上の討手を差し向けることは厳しい。それに対し楡沼が、相手は烏合《うごう》の衆であり、こちらは一人が最低四人斬れば済む、と言っていた。そう簡単にいくとは思えないが、決まった以上はやるしかない。

だが、それが可能だと思えるほど、選ばれた者は精鋭揃いだという。誰も彼も、凄腕《すごうで》と呼ぶに相応しい気迫がある。中には物静かそうな男もいるが、それでも気圧《けお》されるような圧を覚える。蓮台寺一万二千石と言えど、使い手がこうも多いことに驚かされた。

「ほうほう、お前か。噂の剣鬼とは」

話しかけてきたのは、馬庭念流《まにわねんりゅう》を使うという浅羽《あさば》重太郎《じゅうたろう》という、三十手前ぐらいの男だった。

「剣鬼は俺じゃないですよ。俺の父のことです」

この男も、三蔵のことを知っているかと思ったが、「はて？　師範がそう言ってたがなぁ」と惚《とぼ》けたところを見ると、そうではなかったようだ。

「だが茉名様を守りながら、江戸から旅をしたのだろう？　しかも、鷲塚と五分の腕だそうじゃないか」

「五分、じゃないですね。今のところ、二分け一敗。勝ち筋すら見えていませんよ」

「そうかい。でも、あの鷲塚ってのに、俺を含め誰も勝ったことがないんだ。二分けしているだけも、勝ち目はあるってもんよ」

「そうならいいんですが」

「正直、俺はやり合いたくはないな。剣には自信があるが、あいつは化け物だ。死ぬのが目に見えている。しかし、お前ならもしもがある。少なくとも、俺よりはな。なら、お前が鷲塚に勝てるよう、微力ながら協力してやるよ」

浅羽は一笑し、立ち去った。

それからも、続々と集結していた。その間に、道場内に準備された武具一式を、求馬は身に纏《まと》った。鎖帷子《くさりかたびら》に鉢金・金入りの籠手《こて》に脛当《すねあ》て。そして混戦で敵味方の区別がつくように、武具の上から少弐家の家紋〔寄懸《よりかか》り目《め》結《ゆい》〕が入った黒の打裂羽《ぶっさきば》織《おり》を羽織った。

鎖帷子も鉢金も、求馬にとっては初めて手に取るものだった。着込むことに手間取っていると、「どれ、貸してみろ」と楡沼と音若が手伝ってくれた。

二人は手慣れたもので、それだけで経験の差を大きく感じる。きっと、想像もつかないぐらいの修羅場《しゅらじょう》を、この二人は踏んで来たのだろう。

「しかし、意外と重いですね。これで戦うのはしんどそうだ」

求馬が言うと、楡沼は「慣れだ」と答えた。

「それに、これは俺たちを死なせたくないという、姫様の配慮だぜ？　いいか、忠《ちゅう》臣蔵《しんぐら》の赤穂浪士《あこうろうし》が吉良《きら》邸で死ななかったのは、この鎖のお陰よ。決して脱ぐんじゃねぇよ」

他の者も武具を身に纏うなど準備をしていると、最後の一人が道場に現れた。それは、仙十郎だった。

「間宮さんも、選ばれたのですか」

求馬は驚きの声を上げた。茉名の用人であり、門閥の嫡男である仙十郎が入るとは思わなかったのだ。

すると仙十郎は首を振り、「志願だ」と言った。

「まぁ、私も剣は使えるしな。藩内でも上から順に数えた方が早いぐらいさ」

「しかし、茉名さんの補佐があるのでは？」

「俺はこの戦いにずっと身を投じてきたし、ここで俺が矢面に立たなければ、『やはり門閥は』と言われるだろ？　門閥には門閥の矜持《きょうじ》と、義務ってやつがあるのだ」

と、仙十郎は鼻を鳴らしてみせた。

「ところでお前、蓮台寺に入ってからの私のことを、苦々しく思っていただろう？」

不意を突いた質問に、求馬は言葉を詰まらせた。

「いや、いい。私が同じ立場なら、そう思うさ。実際に不穏な動きをしていたのは事実」

「それがわかっているのなら、どうして？」

「目の前に、権力を摑《つか》める好機があったんだ。それを見逃す手はあるか？　親父もその気であったし、門閥の大人衆に唆された部分もあった。実際、やれると思えたんだ。恐らく本能寺《ほんのうじ》で織田右府《おだうふ》を襲った惟任光秀《これとうみつひで》も同じ気持ちだったろうよ」

「正直、失望しましたよ。あなたには」

「やはり、お前は顔に似合わずはっきり言う奴だ」

仙十郎が肩を竦《すく》めた。

「だが、結果的に茉名様は家臣団の心を摑んだではないか。間宮家が敢《あ》えて悪役になった、と考えてくれ」

「都合のいい解釈ですね」

「ふふ。まぁ、私は茉名様に面罵《めんば》されて目が覚めたよ。改心したとも言っていい。茉名様と私とでは、格が違う。今の蓮台寺に、私が付け入る隙もない」

「だから、ここに加わったのですか？」

「ああ、信頼回復をせねばならん。帰順した者が、尖兵《せんぺい》となるのは世の習いであるし。そして、私は門閥の肩書ではなく、実力で出世してやると決めたのだよ。その為には、危険も厭《いと》わん」

　仙十郎の言に、求馬は真《まこと》を感じた。そして、仙十郎は笑って求馬の肩を叩《たた》いた。

「よろしく頼むよ、求馬。最後まで戦い抜き、生き残って旨《うま》い酒を飲もうぜ」

「間宮さんこそ。あなたの役割は、この戦いの後なのですから」

　それから仙十郎が鎖帷子一式を着込むのを手伝っていると、小姓が茉名の御成りを告げた。求馬を含め、一同は座して平伏する。

　茉名は若衆髷《わかしゅまげ》に結い直し、艶《あで》やかな陣羽織姿だった。美しくて勇ましい。風格と威厳すら漂う、戦衣装だ。

　茉名は居並ぶ二十名に、深々と頭を下げた。

「恐らく、外記一党は徹底抗戦に打って出るでしょう。先遣隊の降伏勧告にも、全く応じないどころか、矢を放ってくる始末です」

舎利蔵村の様子は、早朝に伝えられていた。外記一党は屋敷に籠《こも》らず、村を占拠している。追い出した領民は、近くの村や城下へ避難していた。

「御家の為とも、主君の為とも申しません。領民と武士たる責任の為に戦ってください。その先に、豊かな藩《くに》があると信じて」

再び、茉名が頭を下げた。それを合図に楡沼が討伐隊に号令を出した。討伐隊は、後詰三十名を率いる茉名に先んじて、進発する手筈《てはず》となっている。指図役は楡沼だった。

「求馬どの」

指示に従い立ち上がった求馬を、茉名が呼び止めた。

目が合う。言いたいことは、何となくわかっている。だから、求馬は微笑んで見せた。

蓮台寺城に入って以降、二人だけで話す機会は減っていた。求馬にとって茉名は、大名家の姫でも蓮台寺藩執権でもなく、〔茉名さん〕だとしても、周囲への遠慮や気遣いはしなくてはならない。またそうした態度は、茉名の立場をも悪くし、執権としての立場を軽くする。今はただ、心の中で想いを秘めていればそれでいいのだ。

「大丈夫ですよ、俺たちなら」

「ええ、信じております」

6

舎利蔵村が見えてきた。

真っ平な平野に、浮島のように見える集落。村を囲む田畠《たはた》が、さながら水面《みなも》に思えてくる。

「これは意外だったな」

先頭を進む楡沼が、進軍を止めて言った。

集落の入り口で喧嘩《けんか》支度をした渡世人、浪人、執行家の郎党が待ち構えていたのだ。それぞれ手には、刀槍《とうそう》の類《たぐい》が握られている。

距離は一町半ほどだろうか。敵勢との間には、浅い小川が流れていて、村への野《の》良《ら》道が延びているだけだ。

「まさか、立て籠らずに打って出るとは」

「どうしますか?」

仙十郎が訊《き》いた。

「どうもこうもないね。事ここに至って、奴らと話し合いなんて出来ると思うかい？」

「まさか。一応は訊いただけですよ。指図役を立てる意味でもね」

そう嘯《うそぶ》くと、楡沼が仙十郎を肘《ひじ》で小突いた。そして、緊張した面持ちで敵を見据える求馬に、「怖いか？」と問い掛けた。

「どうして、そんなことを訊くんです？」

「そりゃ、旭伝を倒す肝心要《かなめ》のお前さんが、いつもの臆病風《おくびょうかぜ》に吹かれたら堪《たま》らんからな」

「今でも十分に怖いですよ。だけど、この怖さを忘れたくありません。そうある限り、俺は人殺しの獣ではなく人間だって思えるんで」

「言うじゃないか。だが、臆病な自分を嚙《か》み締め、恐怖を飼い慣らせているなら、それでいい」

楡沼は求馬の背中を叩くと、全員に参集を命じた。

「ここからは、斬りに斬って屋敷を目指すしかない。各々、容赦は無用だ。逆らう者は、問答無用で斬り捨てろ」

楡沼が片手を上げると、全員が抜刀、或《あ》るいは槍《やり》を構えた。求馬も大宰帥経平を抜き払った。

静寂。楡沼が手を振り下ろせば、凄惨《せいさん》な殺し合いが始まる。息を吞《の》む。吹きつける風だけを、したたかに感じた。

焦《じ》れたのは敵だった。吶喊《とっかん》が聞こえるや否や、こちらへ押し出してきた。それに反応し、動き出そうとした味方を、求馬は押し止《とど》めた。

「まだです。指図役の手は振り下ろされていません。おそらく、敵に駆けるだけ駆けさせて、疲れたところで逆撃を与えるつもりでしょう」

そう一同に説明した求馬を、楡沼が横目で一瞥《いちべつ》した。

「よくわかったな」

「楡沼さんの性格を考えれば、最小限の努力で最大限の打撃を与える、卑怯な手を使うだろうと」

「見事だ……。では、その神算鬼謀で迎え撃とうか」

敵勢が水飛沫《みずしぶき》を上げながら小川を渡り、再び駆けだそうとしたところを見計らって、その手を振り下ろした。

気勢を上げた。最初に飛び出したのは、求馬だった。

身体が自然と動いていた。眼前には敵。誰の背を追うでもなく、皆が俺の背中を追う。引っ張っている。今までにそうしたことはなかった。この旅で、俺は変わったのだと心底思えた。

求馬は、刀を大上段に振り上げ、敵の中に躍り込んだ。刀を三閃させる。渡世人が、一気に三人も斃《たお》れた。命を奪う、確かな手応《てごた》えだけがあった。

「野郎っ」

敵が殺到する。無数の刃《やいば》の光。大宰帥経平が、身体が、勝手に動いていた。目の前の浪人を、横一文字に斬り伏せる。赤黒い何かが、腹からこぼれ落ちていくのが見えたが、求馬はすぐさま、別の敵に目を向けた。

槍だった。間一髪で躱《かわ》せた。もう一突き。それは見切れていて、柄を摑《つか》んで両断した。その敵が慌てて刀を抜こうとしたところを、求馬は斬り捨てた。

そこへ仙十郎や音若たちの後続が、飛び込んできた。乱戦になった。そうなれば、単純な腕の差になる。明らかに押していた。しかし、相手は退《ひ》こうとはしない。それよりも、村の方から続々と人が駆け出してきているのが見えた。

敵に指図役らしい者はいそうにない。そいつを斃せれば、とも思ったが、組織として戦っている雰囲気は皆無だ。各々が好きに戦う、という感じなのだろう。それでも無秩序な烏合《うごう》の衆に感じないのが不思議だった。

じりじりと、求馬たちは押し出していた。楡沼も乱戦に加わり、一太刀で斬り捨てながら進んでいる。その腕前は、想像以上に凄《すさ》まじい。また仙十郎も必死に剣を奮い、音若は戦場を駆け回っている。

「こいつら、死ぬのを怖がってねぇぞ」

誰かが叫んだ。度胸一番の喧嘩剣法の理由はそれだ。求馬は突き出された竹槍を躱し、眼の前のやくざ者を斬り上げながら、音若の報告を思い出した。

楽市の鍬蔵に呼応したやくざや浪人は、どれも死に場所を探している者ばかり。それ故に、捨て身で仕掛けてくると。そうなれば、いくら剣の達者と言えども危うい。

「畜生」

味方の一人が、敵に組み付かれ引き倒された。そこに敵が殺到する。求馬は助けに入ろうと、駆け寄ろうとしたが、五人に前を遮られた。その奥から聞こえる断末魔。求馬は舌打ちをして、その五人に斬りかかった。

「敵は度胸だけだ。冷静に対処すれば、大した敵ではない」

楡沼が叫んでいた。渡世人を始末した求馬は踵《きびす》を返して、続々と小川を渡ってくる新手の敵とぶつかった。

求馬が先頭だった。槍の穂先のように、突き進む。左右を、仙十郎と音若が固めてくれた。共に戦ってきた仲間。これ以上心強い両翼はない。

押していく。小川に足を踏み入れた。水の、濡《ぬ》れる感覚は遠いものだった。

若い家人を斬ると、浪人に身体をぶつけられた。求馬は、咄嗟《とっさ》に左手一本で、相手の脇差を抜いて、腹に突き立てた。刺さった脇差を握ったまま、横から来た槍の盾にした。我ながら、嫌な戦い方だった。

小川を渡り、視界が開けた。目の前は、舎利蔵村。

「突入しろ」

楡沼が指示を出した。二十名だった討伐隊は、十八名に減っていた。そして背後には、屍《しかばね》の山。完全に、敵の第一陣を突破したのだ。

村へと駆けた。何の変哲もない、農村。だが、そこに待っていたのは、戦意旺盛《おうせい》な敵だった。

百姓家から、飛び出してくる。求馬たちは、ひと塊になって敵に対した。戦力の分散はしない。それは、最初から決めていたことだ。どうせ外記は逃げない。逃げようと思えば逃げられたのだ。そう急ぐ必要もない、という判断だった。

村内は緩やかな傾斜になっていて、坂道を上りきった先に屋敷がある。ただそこまでに、竹柵《ちくさく》で道を塞《ふさ》ぐ防御陣を、何段か築いていた。屋敷までに消耗させる腹なのだろう。だが一段につき五人ほどなので、全員でぶつかれば、大した消耗にはならない。

もし、敵が戦力を屋敷に集中させていたら？　そう思うと、背筋が薄ら寒くなる。こちらと敵で、戦い方の違いを垣間《かいま》見た気がした。

四段目を突破し、坂を上り切ろうとした辺りで、最後の防御陣が見えてきた。そこには道を塞ぐ竹柵の他に、三つ盛り桔梗《ききょう》の家紋が描かれた矢盾が並べられていた。

嫌な気配がして、求馬は咄嗟に叫んでいた。

「伏せろ」

銃声が、耳を劈《つんざ》いた。四つ。三人が斃《き》れた。再び銃声。今度は一人。道脇には、遮蔽《しゃへい》物は全くない。あらかじめ、木を伐るなどして取り除いていたのだろう。

その時だった。火縄の白煙に紛れて、黒い影が幾つも竹柵の向こう側へ跳び込んだのだ。闘争の気配。刃の光。絶叫。五段目の竹柵が引き倒されると、そこには鉄砲を持った武士団を一掃する、黒装束たちの姿があった。

「進むぞ」

楡沼の合図に、求馬たちは立ち上がった。先頭になって駆け抜ける。黒装束の一団が、公儀裏目付であることはすぐにわかった。

「終わらせてこい」

そんな伊織の声が聞こえた、気がした。

＊＊＊

外記の屋敷は、村の高台にあった。

堅牢な塀に囲まれた、立派な武家屋敷だ。ここまで辿《たど》り着いた討伐隊は十二名。やはり、死兵と化した敵は強敵だった。

その屋敷を見据えながら、息を整える。やっとここまで来た。あともう一押しだ、と自分に言い聞かせた。

しかし、旭伝の姿が無いことが不気味だった。あの男のことだ。逃げることはない。とすれば、やはりこの中にいる。

「いよいよ城攻めです。どうします？」

仙十郎が、楡沼に訊《き》いた。仙十郎の顔は、返り血で真っ赤になっている。一方の求馬は、鎖帷子《くさりかたびら》のおかげで、今のところ傷らしい傷は負っていない。

「吉良邸討ち入りを決め込みたいが……」

と、そこまで言いかけた時、閉じられた門扉がゆっくりと開いた。

中から、武士団が飛び出してきた。恐らく、執行家の一門、家人衆。戦う理由を持つ最精鋭だ。

「来るぞ。各々、ここからは外記の首だけを目指せ」

求馬は大きく息を吐くと、気勢を上げて駆け出した。

門前で乱戦が始まった。斬撃《ざんげき》は鋭いものだった。旭伝の弟子たちもいるのだろう。これまでの敵と違って、ちゃんとした剣術になっている。

向かってきた斬撃を弾《はじ》き、胴を抜いた。更に振り向き、頭蓋《ずがい》を両断した。

そこへ、両側から敵が殺到した。躱す余裕は無かった。右からの突きは払い、左からの斬撃は籠手《こて》で受けた。押し込まれる。そこへ、浅羽重太郎が駆け寄り斬り捨てた。

「おい、無茶はするなよ。お前は鷲塚を倒す切り札なんだ」

「浅羽さん、すみません」

「無事だよな?」

「勿論《もちろん》です」

浅羽は笑うと、坂の方へ眼をやった。村の方から、新手が坂を駆け上がってくる。討ち漏らした連中だろう。なるべく殺したくない、と求馬は明確な殺気を放つ者以外は、捨てて置いた。そのせいなのかもしれない。

「鷲塚は任せたぜ。お前じゃねえと倒せないいんだからな」

浅羽はそう言い残し、坂の方へ駆け降りていく。それに数名の味方が、続いていく。

（すみません）

求馬は踵を返して、屋敷を目指す。だが入り口の前で、見上げるような大男が暴れていた。山伏の恰好《かっこう》をしていて、手には薙刀《なぎなた》。まるで弁慶《べんけい》のような荒法師だ。

山伏は頭上で薙刀を回し、横薙《よこな》ぎにして斬りかかった味方の首を刎《は》ね飛ばした。更に一人、二人と弾き飛ばす。三人目は音若で、間一髪防いだものの、盛大に地面を転がった。

怒りで血が沸いた。求馬は大宰帥経平を握り直して山伏へと狙いを定めると、

「おい」と袖《そで》を摑《つか》まれた。楡沼だった。

「こいつは俺がやる。お前は先へ進め」

敷へ突入した。


「指図役の命令には従えよ。でなきゃ、茉名姫に言いつけてやるからな」

「ですが」

楡沼は求馬の背を押すと、山伏に斬りかかった。求馬は、仙十郎や音若と共に屋

＊　＊　＊

広い邸内は、不気味なほど静かだった。
敵の姿が見当たらないのだ。外の喧騒《けんそう》も、遠いものに感じるほどだった。
「俺が先に行きます」
求馬は、音若と仙十郎を連れ、濡《ぬ》れ縁から屋敷に侵入した。
静かな廊下を歩く。いつでも敵が飛び出してきてもいいように、気は抜かなかった。
一つの部屋があった。求馬は襖《ふすま》に手を掛け、ゆっくりと開いた。
眩《まばゆ》いほどの赤が、目の前に広がっていた。求馬は目を見開き、そして伏せると、
刀を鞘《さや》に戻して手を合わせた。

惨状を目にした仙十郎が、息を呑《の》んでいた。音若が、求馬の肩に手を置き、「行きやしょう」とだけ言った。求馬は、ゆっくりと襖を閉めた。

怒りがあった。いや、怒りしかなかった。巻き込んだ外記にも、そして救えなかった自分にも。その可能性はあったし、十分に想定していた。だから、茉名は降伏勧告で妻子らの脱出を呼び掛けていた。罪には問わないことも。

それでも、外記は応じなかった。武士の誇りなのか何なのかわからないが、無関係な者を巻き込む武士の誇りなど、糞《くそ》ったれだ。

通路を抜けると、中庭に出た。そこに艶《あで》やかな陣羽織を纏《まと》った男が、床几《しょうぎ》に腰掛けていた。

「待ちくたびれたぞ」

筋骨逞《たくま》しい、虎髭《とらひげ》を蓄えた男。鷲塚旭伝だ。陣羽織姿だと、さながら戦国乱世の豪傑である。

「あなたが、こんな屋敷の奥で引き籠《こも》っているからですよ」

「お前がここまで辿り着けるか試したのだがな」

「体のいい言い訳ですね。あなたの仲間や門弟たちは、必死に戦っているというのに」

求馬はそう言うと、仙十郎と音若を一瞥《いちべつ》した。

「ここは任せてください。俺は、この人と決着をつけなければなりませんから」

二人は求馬を止めなかった。ただ、「頼む」とだけ言った。

「その面構え、あの時の腰抜けとは思えんな。一応は褒めておこうか」

「あなたがいたから、あなたに勝ちたいと思えたから、俺は強くなれたと思います。礼は言いたくもありませんがね」

「その言葉だけで十分だ」

旭伝は立ち上がると、腰の一刀に手を掛けた。

「剣鬼と呼ばれた筧三蔵と、真剣で立ち合いたかったが、ついぞそれは叶《かな》わなかった。だが、その倅《せがれ》と立ち合える。因果を感じずにはいられんな」

「いいえ、単なる選択の結果に過ぎません」

求馬も、大宰帥経平の鞘を払った。

向かい合う。四歩の距離。どう戦うかなど、考えは頭に無かった。それに考えたところで、小手先の策が旭伝に通じるとも思えない。

旭伝は上段。求馬は、切っ先を少しだけ下げた、正眼に構えを取った。

このまま風待ちの構え、と思った刹那《せつな》、旭伝が気勢と共に斬り込んできた。

稲妻のような斬撃だった。猛烈な殺気を帯びている。何とか躱《かわ》す。それだけで、肌がひりついた。更にもう一撃。下段からの斬り上げ。身を反らし、鼻先で避《よ》けた。そこに、旭伝の鋭い突き。刃《やいば》の光は、予想以上に伸びていた。これは躱す余裕はなく、刀で受けるしかなかった。

尋常ではない膂力《りょりょく》だった。受け止めきれずに身体が流れ、旭伝の切っ先が肩を掠《かす》めた。火花が見えた。鎖が刃を滑らせたのだ。今度は「なにくそ」と、求馬が前に出た。

気勢と共に、横薙ぎの一閃《いっせん》を放つ。旭伝は後方に跳び退き、大宰帥経平は空を切った。

旭伝の動きには、十分な余裕があった。次はどう来るのか、こちらの手を読んでいたのだろう。それだけの動きに、絶望的な実力差を見せつけられたような気がした。

（まだ俺は、この人に届かないのか）

いや、違う。かつての自分なら、ここで心が折れていただろう。いや、旭伝の前に立つことも出来なかった。怯《おび》え震え、逃げ出していたはずだ。しかし、今の俺は違う。恐怖と向き合い、前に踏み出す勇気を得た。

求馬は、一気に踏み込んだ。旭伝が、驚いた顔をした。その顔だと思った。俺から前に出るとは考えなかっただろう？　それこそが、俺の成長した証《あかし》。強くなれた証拠なのだ。

求馬は勢いのまま、袈裟《けさ》斬りに振り下ろした。旭伝が刀で受け止めた。鍔迫《つばぜ》り合いとなった。旭伝が力を込めてきたので、求馬も身体を渾身《こんしん》の力で寄せる。

旭伝の顔。眼が合った。燃えていた。不動明王のような、怒りの表情だった。じりじりと、後ろに押される。力の押し合いでは不利だと悟った求馬は、養父の言葉を思い出した。

「力で挑むな。力を操れ」

求馬は一か八か、力を抜いた。そして身体をぐるりと回転させることで、尋常ではない圧を横にいなした。旭伝の体勢が崩れる。一瞬の隙が見えた。

求馬は、迷わず突きを放った。確実に仕留めたと思ったが、そこに旭伝の姿は無かった。

（しまった）

あの隙は誘いだったのだ。旭伝は敢《あ》えて体勢を崩し、隙を作って見せて、自分は愚かしくも、まんまと喰《く》いついた。

それを悟った時には、下からの斬り上げが伸びてきた。防ぐにも躱すにも間に合わなかった。身を翻すのが精一杯だった。

火花が散った。身体のどこかを、また斬られたのだ。これも鎖帷子《くさりかたびら》が無ければ、今頃は死んでいたはずだ。少なくとも、ここまでに二度。俺は死んでいる。

(やはり、俺は弱い)

旭伝との差を痛感した。まだまだ、俺は勝てない。だが茉名の為に仲間たちの為に負けられない。弱くても、及ばなくても、ここで何としても勝たなければならないのだ。

求馬は、距離を取った。三歩と半。気息を整え、求馬は旭伝を見据えた。

(あれは……)

正眼に構える旭伝の姿が、何故か亡き養父と重なった。

剣鬼と呼ばれた、三蔵。強さだけを求め、それ故に道場は流行《はや》らなかった。商売に走った江戸の剣客たちを嫌い、偏屈者だと白眼視をされていた。

しかし、三蔵は強かった。そして孤高だった。旭伝もまた、そうなのではないか？　剣にこだわり、強さにこだわった。だから、旭伝の姿に三蔵を見出《みいだ》したのではないか。

「この剣で、父上を斬ります」

呟《つぶや》いてみた。旭伝からの返事はない。

求馬は正眼に一度構えを取ると、その切っ先をゆっくりと下げた。

柄《つか》の握りも、添えただけのような甘いもの。そして、全身の力を抜いて、ゆっくりと長く息を吐く。それが尽きると、半眼を旭伝に向けた。

剣鬼がひとり、そこにいた。だから、この剣で斬る。

風待ちの構え。この男に対し、颯《さつ》の太刀以外の技は無い。これで勝つか、滅びるか。剣鬼に与えられた剣と、一蓮托生《いちれんたくしょう》だった。

旭伝は笑っていた。そうだ、それで来いと言わんばかりだ。

風を待った。旭伝がどんな風を起こすか、想像もつかない。その風を受け、自分がどう動くかすらも。

勝敗は頭にない。あるのは、風を感じられるかどうかだ。それが出来れば、少なくとも負けはない。勝利か、相討ちか。

気勢も上げない。気合いも入れない。ただ、風を待つ。佇立《ちょりつ》するような構え。それが父なる剣鬼と、俺の深妙流である。

一方の旭伝も、無言だった。ただ構えを、正眼から上段に移している。

静寂。誰も周囲にはいない。二人だけの世界。膠着《こうちゃく》してからの時間が、長くも短くも感じるから不思議だった。

長い旅をした。代稽古《だいげいこ》の帰り道で、茉名を助けた。そして、旭伝に敗れた。全く歯が立たなかった。それが旅を通して成長し、こうして構え合えるまでになった。この人に勝ちたい、と思ったからこそなのだ。

旭伝の風。恐ろしいほどに、凶暴な風。それを感じた時、求馬は動き出していた。大宰帥経平を、下から斬り上げる。旭伝の刀がはっきりと見えた。だが、それは見えただけで、避けられはしなかった。鎖帷子を掠める。求馬は、構わずに振り上げていた。

「斬ったのう、求馬。流石は剣鬼の倅よ」

旭伝の身体が二つになり、ゆっくりと斃《たお》れた。求馬も膝《ひざ》の力が抜ける。その身体を支えたのは、楡沼だった。

「勝ったか」

「いや……、負けました。斬りはしましたが、俺の負けです。もし鎖が無ければ、俺はこの人に斬られていましたから」

事実、求馬の鎖帷子は、幾つかの斬撃《ざんげき》を受けて欠けている。一方の旭伝は、一切の防具を帯びていなかった。これで勝ったと言えるわけがない。

「それもまた、勝負というものさ」

不意に、呼び笛が鳴った。外記を見つけた合図だった。笛が鳴った方へ向かうと、仙十郎が楽市の鍬蔵を斬り捨てていた。そして外記は、音若によって捕縛されていた。

外記は背筋を伸ばし、毅然《きぜん》とした態度だ。抗弁も暴れもしない。そこにあるのは、誇り高き悪党の姿だった。

「あなたが、執行外記殿……」

求馬が訊《き》いたが、外記は何も答えない。ただ求馬を、じっと見据えたままだ。そして、哄笑《こうしょう》した。その笑いの意味はわからない。そんな外記を、音若が前へ進むよう急《せ》かした。

「楡沼様は、悪党には相応《ふさわ》しい死に花を咲かせてやれとおっしゃりましたが、悪党にはお白洲《しらす》でのしっかりとした裁きこそが相応しいってものです」

音若の一言に、楡沼が肩を竦《すく》める。仙十郎は笑っていた。

＊＊＊

屋敷を出て村へ下りると、茉名が後詰と共に乗り込んでいた。息のある者の手当てや、残党の捕縛をしている。

茉名が求馬に駆け寄る。求馬は楡沼の支えから外れて、茉名の前に進み出た。そして頰に触れた。茉名は、泣いていた。

「求馬どの」

「茉名さん、約束は果たせました。あなたを守るという。そして、俺は逃げなかった。最後まで、逃げなかった」

求馬の視界は、そこで暗転した。ただ、茉名のぬくもりは感じた。

終章　公儀御用役

求馬が江戸への帰還を決めたのは、舎利蔵での一件から十日後のことだった。

楡沼は、その少し前に「やはり俺は、城勤めなんて柄じゃねぇな」と言い残し、ふらりと姿を消した。茉名に仕官を求められたそうだが、今回の一件で、城勤めの面倒さが身に染みたらしい。

求馬も、仕官を求められた。これは茉名ではなく、仙十郎からの頼みだった。正直迷ったが、楡沼同様に断った。江戸に道場もあるし、意知との約束もある。そして何より、茉名と主従になりたくはなかった。

別れの日、求馬は城下の河岸で茉名に見送られた。帰りは津島屋が用意した舟で、既に音若は乗り込んでいる。

「これでお別れです。寂しいですけど」

求馬が言うと、茉名は小さく頷《うなず》いた。

「外記が最後にわたくしに教えてくれました。この藩《くに》の進むべき道を。門閥の力を抑えつつ、人材を登用するようにと。また、自分のような男が跳梁《ちょうりょう》せぬよう、人を見極めろとも」

そう言った外記は死んだ。打ち首となったのだ。最後までふてぶてしく、気高かった。今は殉死した一族と共に、葬られている。

その他諸々《もろもろ》の処理は、仙十郎が対処しているそうだ。今も、陣屋に泊まり込んで諸事に追われている。

「弟に、伝えてくださいませんか？　もう、大丈夫だと」

資清は、江戸藩邸で執行派に囲まれて生活していた。まだ七つと幼い資清は、厳しい監視下に置かれ、何をするにしても執行派によって制限を受けていたという。

そうした江戸へ、茉名は執権の名で資清に侍《はべ》る執行派の罷免を命じていた。その反応はすぐさま早馬で国許《くにもと》まで届き、今は江戸に残った就義党が資清を守っている。

「わかりました。でも、茉名さんも江戸へ帰って直接言えばいいじゃないですか？」

すると、茉名は首を横に振った。

「まだ藩内の全てを掌握したわけではありません。執行派の残党もいますし、門閥たちも反撃の機会を窺《うかが》っているでしょう。弟の為にも、また失われた命に報いる為にも、今わたくしが国許を離れるわけにはいかないのです」

「戦いは終わりませんね。何かあればいつでも駆け付けますよ。俺は、茉名さんの味方なので」

「そうですね。あなただけですもの。わたくしを、『茉名さん』と呼んでくれるのは」

そう言って、茉名が微笑んだ。その笑顔が、求馬はたまらなく好きだった。

＊＊＊

江戸へ無事に戻った求馬は、その足で蓮台寺藩邸に出向き、資清に茉名の言葉を伝えた。

資清は涙を浮かべつつ、姉を守った求馬に労《ねぎら》いの言葉を掛けてくれた。また、座を共にした江戸家老からは、感謝の印として金子《きんす》を差し出されたが、それは断った。茉名を守ったのは、銭の為ではなく、好きだからやったことなのだ。それに礼金の出所が百姓たちの年貢と思えば、素直に受け取ろうという気にはなれない。

藩邸を出た求馬は、その足で津島屋の寮へ赴き、意知と面会した。

意知は深々と頭を下げ、十分過ぎる報酬を渡した。それは素直に受け取った。意知は密偵から報告を受けていたのか、「資清殿からは受け取らなかったそうじゃないか」と笑ったが、求馬は素知らぬ顔を通した。茉名を守ったことで、田沼家にも実利があった。この礼金は、その分の報酬なのだ。田沼家の権勢保持の為に、無償で働く気は毛頭ない。

それから意知は、蓮台寺藩は今後田沼家の協力を得て立て直しをすること、資清の後見人を茉名がすることを、幕府が公に認めたことなど、蓮台寺に関する対応を教えてくれた。

「私の眼に狂いはなかった。君を信じて、本当によかった」

「その割には、俺に目付を放ちましたよね」

求馬のチクリとした嫌みに、意知は苦笑する。

「あれは父のしていたことだ」

「いいんですよ、別に。伊織さんたちには何度も救われましたし」

「その伊織と言えば、君を褒めていたよ。舌鋒《ぜっぽう》鋭いあの女が、他人を褒めるなど滅多にないのだがね。いつか、また会うこともあろう」

それから、暫《しばら》く旅に関する話をした。それを意知は、時には面白そうに、そして時には顔を顰《しか》めて聞き入っていた。

「そういえば」

一応の話を終え、腰を上げた求馬を、意知は呼び止めた。

「答えを訊《き》くのを忘れていた。どうだ、今後も公儀御用役を続けてくれるか？」

「迷いますね」

「迷いなどなかろう。君は嘘が下手だな」

意知が一笑し、茶に手を伸ばした。こちらが断らないと、高を括《くく》っているのだろう。だが、それは図星でもある。

迷いはない。これからも、公儀御用役として戦う。それが、人を斬ってしまった責任でもあるのだ。

「赤松次郎大夫という大身旗本の所領で、破落戸《ごろつき》どもが好き勝手に暴れて領民を苦しめているという。赤松に訊いても、知らぬ存ぜぬの態度だが、どうやら破落戸どもと赤松は繋《つな》がりがあるようだ。早速探ってきてくれないか？」

「今からですか？」

「休んでもいいが、それだけ領民の辛《つら》い日々が延びるということだ」

「嫌な言い方をする人だ」

そう言い残して、求馬は屋敷を出た。

冬の風が吹いていた。身を切るように冷たいものだったが、心地よく感じられた。

逃げない男になれたこと、そして大切な女《ひと》を守り通せた達成感で、求馬の身体は熱くなっていたのだ。

本書は書き下ろしです。

颯《さつ》の太刀《たち》

筑《ちく》前《ぜん》助《すけ》広《ひろ》

令和6年 2月25日　初版発行

発行者●山下直久

発行●株式会社KADOKAWA
〒102-8177　東京都千代田区富士見2-13-3
電話　0570-002-301（ナビダイヤル）

角川文庫 24041

印刷所●株式会社暁印刷
製本所●本間製本株式会社

表紙画●和田三造

ISBN 978-4-04-114326-1　C0193

◇◇◇

角川文庫発刊に際して

角川源義

第二次世界大戦の敗北は、軍事力の敗北であった以上に、私たちの若い文化力の敗退であった。私たちの文化が戦争に対して如何に無力であり、単なるあだ花に過ぎなかったかを、私たちは身を以て体験し痛感した。西洋近代文化の摂取にとって、明治以後八十年の歳月は決して短かすぎたとは言えない。にもかかわらず、近代文化の伝統を確立し、自由な批判と柔軟な良識に富む文化層として自らを形成することに私たちは失敗して来た。そしてこれは、各層への文化の普及滲透を任務とする出版人の責任でもあった。

一九四五年以来、私たちは再び振出しに戻り、第一歩から踏み出すことを余儀なくされた。これは大きな不幸ではあるが、反面、これまでの混沌・未熟・歪曲の中にあった我が国の文化に秩序と確たる基礎を齎らすためには絶好の機会でもある。角川書店は、このような祖国の文化的危機にあたり、微力をも顧みず再建の礎石たるべき抱負と決意とをもって出発したが、ここに創立以来の念願を果すべく角川文庫を発刊する。これまで刊行されたあらゆる全集叢書文庫類の長所と短所とを検討し、古今東西の不朽の典籍を、良心的編集のもとに、廉価に、そして書架にふさわしい美本として、多くのひとびとに提供しようとする。しかし私たちは徒らに百科全書的な知識のジレッタントを作ることを目的とせず、あくまで祖国の文化に秩序と再建への道を示し、この文庫を角川書店の栄ある事業として、今後永久に継続発展せしめ、学芸と教養との殿堂として大成せんことを期したい。多くの読書子の愛情ある忠言と支持とによって、この希望と抱負とを完遂せしめられんことを願う。

一九四九年五月三日